Camino de Santiago

길을 찾다

8백 킬로미터 순례의 길
까미노에서 마주친 인생

Camino de Santiago

길을 찾다

8백 킬로미터 순례의 길
까미노에서 마주친 인생

안미쁜아기 글 · 사진

동행출판

프롤로그

불쑥 떠났다. 50일의 배낭여행이었다. "Now" 언제나 그렇다. 지금 이 순간이야말로 행동에 옮길 기회이고, 최고의 시간이다. 지금을 놓친다면 나에게 기회는 오지 않을 수 있다. 그래서 나는 떠났다.

지금까지 나의 삶을 돌아보면, 좌충우돌하면서 숱한 장애물을 통과해 온 길이었다. 어느 누구의 인생인들 쉬운 길이었을까마는 나의 인생 또한 어둡고 긴 터널을 지나고 깊은 골짜기를 거쳐, 이제야 조금 긴 숨을 내쉴 수 있게 되었다. 쉰넷의 나이로 8킬로그램의 배낭 하나를 메고 파리·스페인·포르투갈의 도시들로 이어진 50일의 자유여행을 무탈하게 마쳤다. 나 자신의 결정을 존중한 유쾌한 여정은 인생 2라운드를 위한 숨고르기 여행이 되어 주었다.

산티아고 데 콤포스텔라Santiago de Compostela는 야고보의 길로 알려진 순례의 길로써 대체로 프랑스의 남서부 생장피에드포르에서 걷기를 시작하여 30일 전후로 산티아고에 도착하게 되는 길이다. 생장피에드포르에서는 두 개의 길이 시작된다. 물론 유럽에서라면 스페인의 산티아고로 가는 길이 여러 갈래지만, 내가 걸어간 길은 생장에서 출발하여 피레네산맥을 넘어가는 8백 킬로미터 구간으로, 통상적으로 프랑스길이라고 불린다. (까미노 순례자협회는 프랑스 지역인 생장피에드포르를 뺀, 스페인 국경부터 까미노의 거리를 인정한 775km를 표기)

나는 까미노에서 '마리안'으로 불리며 32일 동안 꼬박 걸었다. 걷는 동안 낮에는 거의 비가 내리지 않았다. 숯불이 든 화로를 머리에 이고 걷는 것처럼 한여름 태양이 뜨겁게 작열하는 스페인의 들판과 산길을 매일 4만보 가량을 걸었다. 이전에는 상상조차 해 보지 못한 일이다.

산티아고에 도착할 즈음에는 4개의 발톱이 뽑혀 나갔고, 10킬로그램의 체중이 빠졌다. 하지만 날마다 경이로운 풍경을 마주한 까미노에서 자연이 베풀어 준 감동의 눈물과 환희의 노래가 있었다. 길 위에서 다국적의 친구들을 만났고, 멋진 한국 청년들과의 만남 그리고 그들의 친절은 가슴 깊이 간직할 소중한 추억으로 남았다.

이 책은 50일 동안 오롯이 나 자신의 내면의 모습과 연약한 육체를 대면하게 해준 소박한 여행스케치이자, 에세이다. 또한 하나님과 동행하며 야고보 사도가 걸었던 갈리시아지방, 순례의 흔적을 따라 산티아고를 향해 묵묵히 걸었던 이야기로 프랑스와 포르투갈 여행의 일부분이 보태졌으나 대부분은 스페인의 길을 따라 매일 매일 걸으며 일지처럼 써 두었던 글모음이다.

"예쁘야, 너도 참 애썼다!" 까미노에서 나의 애칭을 친밀하게 불러주신 하나님. '예쁘'는 어린 시절 집안 어른들이 나를 부르실 때 사용했던 애칭이다. 이국의 들녘에서 그 이름을 들었을 때, 얼마나 깜짝 놀랐던가! 매 순간 하나님과 동행하면서 형언할 수 없는 위로와 감동으로 충만했던 길 위의 날들이었다.

까미노 여정 중에 되돌아본 지난 날들. 깊고 어두운 삶의 골짜기를 지나온 삶의 회상을 짧게나마 기록함은 까미노에서 눈으로 보고 온몸으로 느꼈던 감정을 그대로 표현하고 싶었기 때문이다.

까미노에 대한 자료는 이강혁 선생의 책 『까미노 데 산띠아고』와 산티아고 데 콤포스텔라로 가는 순례의 길에 대해 정통한 존 브리얼리John Brierley의 『Camino de Santiago』를 참고했다.

까미노에서 걸으며 만났던 마을에 대하여는, 메모해 둔 자료를 토대로 까미노의 지명에 오류가 없도록 외래어표기법을 따르지 않았다. 산티아고 순례의 길을 떠나는 이들에게 작은 도움이 될까 하여 순례길 까미노의 스페인에서는 현지에서 불리는 지명을 그대로 표기했다.

『어메이징 까미노……』를 펀딩해서 출판하고 난 뒤, 인생의 중반에 펴낸 책이 여행에 대한 소박한 필력과 진솔한 표현이라 부족한대로 초판을 수정하고 정리해서 새로운 제목으로 엮었다. 배낭여행을 책으로 펴낼 수 있도록 지지해 주고 도움을 준, 지인들과 가족에게 깊은 감사를 드린다.

2018년 9월 安미쁜아기

차례

메세따고원

쉰넷,
50일의 배낭여행

옛것을 비우고
새로운 시작을 위해 떠나는 길
산티아고 데 콤포스텔라

영국항공 비행기 출발 24시간 전, 온라인 체크인을 통해 QR코드가 찍힌 보딩패스가 스마트폰으로 쏘옥! 훨씬 간편해진 출국수속을 마치고 런던을 경유하여 파리로 가는 영국항공 보잉 787기에 올랐다. 아픈 허리 때문에 장시간 비행이 걱정되었지만, 단체관광에 나선 옆 사람과 재잘거린 수다와 두 편의 영화와 두 번의 기내식을 하는 동안 어느새 런던 상공이다. 구름 속으로 런던 시내가 훤히 내려다보이고, 드디어 유럽에 첫발을 내딛게 되는 순간이다. 작은 아들이 손에 쥐어 준 손거울을 꼬옥 쥐었다. 긴장을 풀 요량으로 와인 한 모금을 마시고 숨을 크게 들이 내쉰다. 비행기가 히드로공항에 도착하자 한국의 단체여행객들이 우르르 썰물처럼 빠져나갔다. 낯선 곳에 덩그러니 홀로 남게 되자 묘한 감정에 사로잡혀 쓸쓸하다.

공항에 도착해서 한숨을 돌리는가 싶었는데 유럽에서 쓸 수 있는 쓰리유심카드를 갈아 끼울 핀이 없어 난감하다. 두 달간이나 스마트폰을 정지시켜 놓고 쓰리유심카드만을 달랑 들고 왔다. 파리공항에 도착해서 제일 먼저 해야 할 일은 픽업을 맡은 위캡Wecab 택시회사와 통화를 해야만 하는 것이다.

마음이 점점 조급해지고 가만히 앉아 있을 수 없어 이리저리 돌아다니던 중, 애플매장을 발견하고 다행히 직원의 도움을 받아 유심카드를 교체했다. 그제서야 공항의 Wi-Fi가 잡히자 한결 마음이 느긋해졌다. 유심카드를 끼우기만 하면 별다른 조치 없이 간편하게 사용할 수 있다고 장담했던 판매자의 말을 철석같이 믿고 안도했다.

긴장된 마음도 쓸어내림겸 공항 커피 하우스에 들러 에스프레소를 주문하자, 오케이를 한 직원이 "스트롱 샷?"이냐고 묻는다. 반복해서 묻자 멍을 때리고 있다가 주문을 기다리는 사람들이 길게 늘어서 있자 괜히 나 때문인가 싶어 머쓱한 마음에 한마디 보탰다.

"스트롱 샷을 내가 어찌 알겠니? 싱글 샷, 더블 샷은 알겠는데 그냥 주면 안 되겠니?" 혼자 여행에 쫄은 놈, 커피 한잔에 진땀을 뺀다.

히드로공항 경유 5시간 만에 파리로 가기 위한 출국수속을 했다. 런던에서 파리로 가는 비행 노선 때문인지 히드로공항에 백인 일색의 서양인들로 북적이는 풍경에 부적응하고 있다. 기억력도 예전 같지 않아 공항 수속이 처음이 아니건만 무척 어색하다. 영어마저 어눌하니 태연하려고 애를 쓸수록 활시위를 당겨 놓은 듯 팽팽한 긴장감이 내 안에 있다.

여권을 받아든 직원이 빤히 쳐다보며 어디를 가느냐고 물었다.

"파리"라고 하자 알아듣지 못하고 재차 묻는다. 파리의 다른 이름이 있는 줄 알고 순간 당황했다. 한국식 영어로 익힌 도시명에 익숙해서 당최 패리스라는 말이 입에 붙지 않는다. 직원이 "패리스입니까?" 되묻는 것으로 해결되었지만 앞으로 언어소통에 대략 난감한 상황이 예상되고 벌써부터 영어울렁증이 도진다.

런던에서 출발한 비행기가 파리 상공에 이른 석양, 대낮 같이 환하다. 파리 샤를드골공항에 비행기가 도착했다. 런던 히드로공항에서와

달리 파리 입국수속이 너무 쉽게 끝나버리자, 거쳐야 할 또 다른 검색대를 그냥 지나친 것은 아닌지 의심마저 들었다. 그럴 만도 한 게 출구를 빠져나오는데 한산하다 못해 썰렁하여 긴장감이 돈다. 더구나 베레모의 군인들이 중무장하고 삼오오 순찰을 돌고 있어서 살벌한 공항 풍경은 기대하고 상상했던 파리의 낭만과는 거리가 멀었다.

밤 아홉시가 지났다. 밖은 아직 환한데 마음이 조급해진다. 위캡 택시에 전화를 걸자 번번이 음성안내로 넘어갔다. 안내해 줄 사람의 목소리를 들을 수가 없다. 내가 미처 확인하지 못한 예약변동이 있었을 수 있겠다는 생각이 들자, 슬슬 불안해지기 시작하고 예약한 택시를 믿고 다른 대중교통 정보를 꼼꼼하게 살피지 않은 것이 더욱 불안감을 부채질했다.

파리에 가면 Wecab택시를 꼭 타야 하느니라

일단 공항을 벗어나 시내로 가기 위해 RER을 탈 수 있는 터미널을 찾아가야 한다. 가뜩이나 길눈이 어두워 밤이 되면 길을 헤매기 일쑤이니 혹 불량배를 만나면 어쩌나 하는 걱정까지 보태진다. 파리에서는 "어디를 가든지 꼭 크로스백을 메고 스마트폰을 손에서 놓지 말라" 구구절절 조심하라던 유럽 여행자들이 들려 준 경험담을 차라리 듣지 않았더라면 좋았을 것을, 파리는 소매치기 천국이라는 말이 마음을 짓누르자 메고 있는 배낭이 더욱 무겁게 느껴진다.

RER을 타기 위해 잰걸음을 하면서도 위캡과 연결되기를 기대하며 몇 차례나 전화를 걸었다. "알로?" 남자가 전화를 받는다. 위캡 기사와 통화를 할 수 있게 되자 그제야 안도하는 쉰넷의 아줌마, 겁없이 파리에 와서 군기가 바짝 들었다. 행여 택시마저 못 타게 될까 봐 RER을 타러 터미널을 찾아가던 길을 되돌아 짓누르는 배낭무게를 아랑곳하지 않고 뛰다시피 걸었다.

터미널 2A 출구 7번으로 나오자 택시에 기대어선 남자가 보인다. 택시 밖까지 나와서 기다리고 있던 택시기사의 좋은 인상에 한결 마음이 놓였다. 막상 통화는 했지만 택시를 제대로 찾을 수 있을지, 영어로 주고받은 말을 서로 이해했는지 내심 걱정했었다. 그가 택시 밖으로 나와서 기다려 준 덕분에 택시를 찾는 수고까지 하지 않아도 되었으니 친절한 배려가 어찌나 고맙던지……

공항을 빠져나와 파리 외곽고속도로를 달리는 택시의 차창 밖으로 해가 길게 드리운다. 밤 10시가 가까운 파리는 아직도 환한데 이미 셔터를 내린 가게들로 거리의 풍경이 을씨년스럽기까지 하다. 드디어 파리 18구역 앙베르Anvers역 인근의 리젠트 몽마르트르 호스텔에 택시가 당도했다.

리셉션에서 예약을 확인하고 룸으로 올라가는 엘리베이터를 탔다. 문을 잡아당기면 또 하나의 문이 옆으로 열리는 영화 속 낡은 건물에서나 볼 수 있는 아주 협소한 엘리베이터이다.

두 사람이 간신히 지나갈 수 있는 좁은 복도 끝, 방번호를 확인하고 문을 열자 어두컴컴한 방에 젊은이들이 널브러져 있다. 좁은 공간에 이층 침대가 세 개나 놓여 있다. 숨이 턱 막혀온다. 값싼 방만을 찾다 호스텔에 대한 이해가 부족했던 나는 눈앞에 펼쳐진 광경에 기함하여 멍 때리고 서 있다.

문 가까이에 있던 청년이 일어나더니 빈 침대가 없다는 것이다. 오잉, 그럴 리가 없는데?! "오래 전에 예약해 놓았던 방이야!"라고 말을 하는데 버버벅~ 혀가 꼬이기 시작한다. 영어가 서툴러 말이 길어지면 주눅이 들어 나타나는 현상이다.

리셉션으로 내려가자 예약 실수를 인정한 리셉션 직원이 자기 보스에게 전화를 걸고 나서야 다른 방을 내어 주었다. 혼숙보다 나은 3인실이지만 히스패닉 처자들이 허벅지를 훤히 드러내 놓고 세상모르게 자고 있다. 오, 마이 갓! 파리에 온 것을 후회하게 만들지 말아다오. 파리여.

서양인 체구에 맞게 만들어진 것 같은 유난히 높은 이층 철제 침대는 고소공포증이 있는 나에게 난적이다. 오르내릴 때마다 발이 미끄러질까 봐 다리가 후들거린다. 시차 적응을 위해 일단 잠부터 자기로 한다. 나머지는 날이 밝은 뒤 차근차근 생각할일이다. 내 생에 제일 긴 하루를 보내고 있다.

호스텔이 곧장 도로에 인접해 있어 자동차 소음에 한 시간 간격으로 깨어났다. 그때마다 파리의 택시드라이버 홍세화씨를 통해 상상력이 증폭된 파리, 호기심 천국의 파리가 이런 곳이었나? 상상하다 잠들만 하면 다시 깨어나고, 언제 어디서나 잠자리가 바뀌어도 문제없이 무던했던 내 수면 패턴도 밤새 이어진 자동차 소음에 당해낼 재간이 없다. 내일 아침에 제대로 일어날 수 있을까? 혈기가 왕성한 처녀들은 밤새도록 창문까지 열어두고 쿨쿨~ 잘도 잔다.

"아이고, 피곤하다."

호스텔 앞 사크레쾨르 대성당을 오르다

다음날 감사하게도 시차 적응에 문제없이 가뿐하게 일어났다. 호스텔이 제공한 조식은 큼직한 크루아상과 바게트, 오렌지주스와 커피가 전부다. 대부분의 젊은이들이 파김치가 되어 눈도 제대로 뜨지 못한 채 주스와 커피에 우적우적 빵을 먹고 있다. 여기는 몽마르트르의 낡은 호스텔, 이곳이 내가 묵어갈 파리에서 처음 맞이한 아침 풍경이다.

호스텔 밖으로 나오자 날씨는 쾌청한데 초봄의 날씨처럼 써늘하여 옷깃을 여미게 된다.

"정신을 똑바로 차리고 잘 지내보자. 마리안!"

몽마르트르의 주변 동네 산책을 나섰다. 호스텔 맞은편 횡단보도를 건너가기만 하면 사진으로 보아왔던 그 유명한 사크레쾨르Basilica of Sacre Coeur 대성당이다.

신기하게도 몽마르트르의 언덕을 올라가고 있으면서도 여기가 파리인지, 내가 사는 동네인지 실감이 나지 않는다. 이것이 시차 부적응

현상인가? 미지의 세계여행을 늘 동경했던 어린 소녀에게 꿈의 도시이자 낭만을 상징하는 도시였던 파리. 나의 옛 꿈 몽마르트르, 순교자의 언덕을 오르고 있다. 아주 오래된 기억 속에 머물러 있었던 몽마르트르다.

세계적인 명소에서 지린 오줌냄새 때문에 코를 움켜쥐어야 하는 것, 조잡한 팔찌팔이 흑인들을 뿌리쳐야 하는 불쾌감이 다소 실망스럽다. '성스러운 심장'이라는 사크레쾨르 대성당 앞에 서서 파리 시내

몽마르트르의 사크레쾨르 대성당에서 내려다본 파리 시내

를 한눈에 환히 내려다보고 있으면서 흰머리 희끗희끗한 중년이 되어 찾은 몽마르트르는 나의 마음이 조로했는지, 꿈꾸었던 낭만은 어디론가 사라진 듯하다. 옛꿈의 소회는 짧게 끝나버렸지만 쾌청한 날씨 덕분에 멀리 몽파르나스타워가 한눈에 들어왔다. 파리 시내 전경을 볼 수 있는 맑은 날씨가 행운이라는 말에 한결 기분이 상쾌해진다. 일주일 동안 원 없이 몽마르트르를 산책할 수 있게 되었으니, 콧노래가 저절로 나오는 아침이다. 정녕, 네가 파리로구나.

사크레쾨르 대성당의 하얀 둥근돔을 보는 순간, 모스크와 타지마할이 떠올려지는 것은 왠지 모르겠다. 로마네스크와 비잔틴양식이 조화를 이룬 무척 독특한 아름다움을 주는 건축물이다. 주변의 소박한 환경과 대조적으로 사뭇 권위적인 느낌을 주는 건축물이기도 하다.

마녀사냥으로 화형을 당한 뒤 백년 전쟁이 끝나고서야 복권되었던 잔 다르크의 기마상과 프랑스의 성왕으로 불리는 루이 9세의 기마청동상이 나란히 좌우에 세워져 있어 의미심장하다. 지금이야 낭만과 예술의 몽마르트르로 기억되는 언덕이지만 보불전쟁 이후 대혼란의 시대를 겪은 프랑스다. 민중이 세운 파리의 코뮌을 진압하기 위해 투입한 무장한 군인들에 의해 3만 명에 가까운 파리 시민들이 죽임을 당했다. 몽마르트르는 파리 시민들이 격렬하게 저항했던 언덕이다.

사크레쾨르 대성당은 그들의 아픈 역사와 상처받은 국민의 마음을 위로하기 위해 40년에 걸쳐 자발적인 시민들의 모금으로 세워졌다.

사크레쾨르 대성당은 3세기 파리의 초대 주교, 생 드니신부가 참수

형을 당했던 순교의 현장이기도 하다.

몽마르트르에서 파리 코뮌을 떠올리자 우리의 아픈 역사, 오월의 광주가 오버랩되어 가슴 깊은 곳에서부터 아릿한 통증이 밀려온다.

명소라고 찾아오는 세계 각지의 여행객들과 매일 드나들며 허접한 팔찌를 강매하는 흑인들, 아베크족에게 맥주를 파는 동양인 아줌마들의 생계의 현장이 된 몽마르트르가 '피의 일주일Bloody Week'로 불리는 처절한 역사의 현장이었음을 알고 있는 것일까? 인근의 초등학생들이 우르르 몰려들고 이른 시간임에도 붐비기 시작한 사람들 속에 한국인 단체 관광객들도 보인다.

사크레쾨르 대성당을 내려가는 여러 갈래 중 하나를 따라 걷다 보

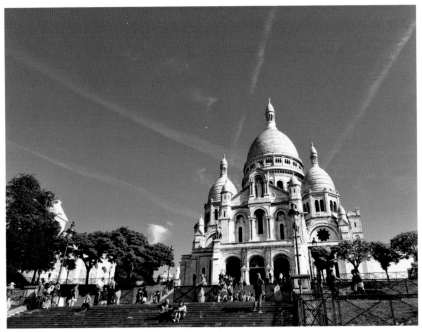

석양의 사크레쾨르 대성당

니 맥도널드 패스트푸드점이다. 점심은 4.95유로 맥 퍼스트. 전혀 맛을 기대하지 않은 파리의 맥도날드 그러나 햄버거의 위용을 보라! 윤기가 나는 빵과 바삭바삭한 감자 튀김. 빵에 들어 있는 푸짐한 고기패티. 물가가 비싼 파리에서 비주얼 좋고, 값도 싼 맥버거. 가벼운 주머니를 생각해 당분간 너랑 친해져야겠구나.

맥도날드 2층에서 내려다보이는 낡은 건물 테라스마다 꽃 화분이 즐비하게 내걸려 있어 건물들이 한층 아름답게 돋보인다. 서울처럼 건물 자체가 높은 것이 아니어서 차분해 보이고, 한편으로는 다양한 인종의 사람들로 북적대어 부산스러운 것 같으면서도, 엣지 있는 골목이 이어졌다. 만만한 첫 나들이에 내가 살고 있는 동네라도 된 듯 주변 환경에 어느새 익숙해져 있다.

"메시 부끄, 패리스!"

퇴폐와 은밀한 환락의 밤, 뭇 남성들의 혼을 빼앗던 무희들과 이중간첩 마타하리로 더 유명해진 물랭 루주다. 빨간 풍차가 돌고 있는 거리에는 온통 낮 뜨거운 섹스숍 간판 일색이다. 유모차를 끄는 남자도 어린 학생들도 아무렇지 않게 이런 거리를 오간다. 낮 뜨겁고 어색한 풍경 속에서 아무렇지 않은 척, 벤치에 앉아 지나가는 행인들을 멀뚱하니 보고 있다. 모습은 달라도 사람 사는 풍경은 어디에서나 같다.

햇볕을 피하기만 하면 상쾌하고 시원한 바람이 불었다. 하지만 오후 4시경이 되자 따가운 햇볕에 나무 그늘이 그리워진다. 동네 한 바퀴를 돌고 다른 방향에서 몽마르트르의 언덕을 올랐다. 거의 벗은 반라의 남자가 계단을 뛰어 올라온다. 화들짝 놀라서 한쪽으로 비켜선 사람은 나 하나뿐, 남자가 훌러덩 벌거벗고 뛰었다고 해도 아무렇지 않았을 듯한 무심한 표정의 행인들 속에서 이방인으로서 느끼는 또 다른 문화의 충격이다.

물랭 루주 풍차는 오늘도 돈다

　석양에 올라간 사크레쾨르 대성당 앞은 낮의 풍경과 조금 다른 얼굴이다. 몽마르트르에서 사랑의 언약을 맹세하면 깨지지 않는다는 전설 때문인지 석양의 사크레쾨르 대성당 앞 잔디밭은 온통 싱그러운 청춘 아베크족으로 빼곡하다. 맥주를 파는 아줌마의 걸음도 바빠지는

피갈르역의 물랭 루주

시간이다. 석양이면 더욱 이 언덕을 찾아 올라오는 젊은이들을 보니 오줌냄새가 웬 말이냐고 할 수 없겠다. 아베크족과 맥주라. 역사의 현장이면서도 상업적인 색깔이 덧입혀지고 있는 몽마르트르의 풍경이다.

카페에 가기 전, 잡화점에 들어가 사진을 찍어도 되는지 양해를 구한 뒤, 오밀조밀한 예쁜 소품들을 사진으로 남기며 마음에 드는 이국적인 엽서도 몇 장을 고른다. 마음이 동하면 여행 중에 누군가에게 보내게 될 엽서이다.

카페에 앉아 파리의 밤 분위기를 즐길 요량으로 치즈 팬케이크와 보르도와인 한 잔을 시켰다. 혼자만의 자유를 누리는 이 시간이 내 인생에 또다시 올 수 있을지, 모든 것은 지나가고 남는 것은 추억이라 하지 않던가! 어둠이 서서히 드리우자 몽마르트르의 카페거리는 불그스레한 할로겐 가로등 불빛에 고즈넉해지고 자리를 꽉 메운 사람들과 악사의 색소폰 연주가 무르익어 가고 있다.

파블로 피카소의 ≪라펭 아질에서≫를 떠오르게 하는 몽환적인 카페의 풍경이다. 고흐·피카소와 몽마르트르 골목의 애환을 잘 묘사했던 로트레크 등, 가난한 무명의 화가들과 예술가들의 고뇌와 그들이 향유했을 그 무엇을 찾아 골목과 카페에는 그들의 청춘과 예술을 추앙하며 미래의 거장들이 술잔을 기울이고 있을지도 모르는 몽마르트르의 밤이 깊어간다.

밤의 카페에 앉아 있을 때에야 내가 이방인임이 여실히 드러나는 것은 파리의 밤의 문화에 쉽게 동화되지 못하는 이질적인 나의 정서가 한몫을 하고 있다. 숙소로 내려갈지 카페에 좀 더 머물지 갈등하는 이 모든 호사도 까미노가 시작되는 생장피에드포르를 넘어가면 불가능할 테니 마음껏 누리자. 여행은 역시나 발길이 닿는 대로, 마음이 동하는 곳으로 가야 제맛이 아니겠는가! 스페인의 산티아고로 가기 전 애피타이저 여행지인 파리에서의 작은 아쉬움이 있다면, 여행에 대한 섬세한 계획과 여행지에 대한 공부를 하지 않고 온 부끄러움이다. 또한 배낭무게를 가볍게 하느라 여벌의 옷이 없어서 트레킹복으로 예술의 도시 파리를 종횡무진하고 있는 것이다. 파리에 머무는 동안 도시에 어울리는 여행을 전혀 고려하지 않아 배낭무게도 더 늘릴 수 없어 기념품 하나 사지 못하는 나 자신을 보면서 이제야 융통성이 없는 사람인 줄 알게 되다니…….

어둠이 내린 몽마르트르, 파리의 다른 얼굴이 깨어난다.

석양의 몽마르트르 카페 거리

지하철을 타고 개선문으로

오늘은 여행자들에게 악평을 듣는 파리지하철을 타기 위해 앙베르역으로 내려갔다. 낱장보다 싼 묶음의 카르네Carnet를 사려고 한다. 프랑스인들이 곧 죽어도 영어를 싫어한다는데 정말일까 싶기도 하여 무표정한 남자 직원을 보노라니 장난기가 발동했다.

"알로, 카르네!" 라는 말이 떨어지자마자 무표정한 낯빛의 직원은 창구 앞에 놓인 작은 머신을 가리킨다. 싱겁게 한마디의 말이 없으니 재미없게 되었다. 카드를 넣어 결제하고 마무리까지 모두 승객의 몫이다. 영수증에 사인을 하고 티켓 열장이 한묶음인 카르네를 받았다.

티켓은 지하철·급행지하철·시내버스·트램까지 탈 수 있고, 짧은 시간의 환승이라면 지하철에서 사용했던 티켓을 이용해서, 몽마르트르에 있는 푸니쿨라를 무료로 탈 수 있다. 카르네를 구입하는 것이 파리의 대중교통 이용에 좋은 방법이다.

파리의 지하철에 대한 악평이 많아 내심 걱정을 했지만 수차례 이용한 지하철은 낮은 천장과 이정표가 간결해서 좋았다. 책을 읽는 사람들과 간혹 연주하는 사람들까지 저마다의 표정에 생기가 있다. 스마트폰만 들여다보고 있는 우리네와 사뭇 다른 풍경이다. 일주일간 경험한 파리지하철에 대한 평은 어디까지나 주관적일 수밖에 없지만 낡고 허름한 것마저 내 정서에 제격이다.

지하철역 밖으로 나오자 중국인들은 참 부지런도하지. 이른 시간에 붉은 깃발을 휘날리며 샹젤리제 거리에 나타나 개선문 앞에 쫙 깔렸다. 세계관광에도 중국인 관광객들의 습격(?)은 중공군의 인해전술이 떠올려질 만큼 무시무시하다. 하기사 휴가철에 파리 시내에서 마주치는 대부분의 사람들이 나를 비롯하여 관광객이라는 사실을 생각할 때 파리 시민의 눈에 비치는 관광객이 징글맞기도 하겠다.

파리에 온 기념으로 좋아하는 에스프레소를 즐기면서 샹젤리제거리 카페에 앉아 위풍당당한 파리 개선문Arc de Triomphe을 목전에서 보고 있으니 나폴레옹은 진정 행복했을까? 짓궂은 상상의 날개를 펴고 있다. 1805년 12월 러시아와 오스트리아 연합군을 상대로 승리한 아우스터리츠 전투Austerlitz를 기념하기 위해 나폴레옹 1세가 개선문 건축을 명하자 건축가 장 프랑수아 샬그랭Jean François Chalgrin의 설계에 의해

짓기 시작했다. 나폴레옹 1세가 치룬 전쟁 중 제일 큰 승리가 아우스터리츠 전투였다. 하지만 러시아와의 전쟁에서 패배 후 권좌에서 물러났다. 장 프랑수아 샬그랭이 사망하여 공사가 중단되었다. 건축 재개에 대해 일부 반대에도 불구하고 30년 만인 1836년에 완공시켰다.

샤를드골 에투알광장의 개선문과 튈르리정원의 카루젤 개선문 그리고 프랑스혁명 2백주년을 기념한 라데팡스의 신개선문, 파리는 이렇듯 3대 개선문이 있다.

나폴레옹 1세의 영광도 가을날의 나뭇잎과 다를바 없다. 죽어서야 개선문을 통과해 앵발리드 돔교회 지하에 묻히다니, 슈퍼맨과 맨의 일생이 뭐 다르랴. 인생무상함이 느껴지는 것은 과한 허무주의인가!

샤를드골 에투알 광장의 파리 개선문은 신고전주의 건축물. 나폴레옹 1세 명령으로 지어졌으나 그는 죽어서 이곳을 통과했다. (左 사진)

루이 6세와 그의 왕비 마리 앙투아네트가 처형된 콩코르드 광장까지 차 없는 날의 샹제리제 거리. (右 사진)

요리조리 살펴보아도 우리 남대문보다 나을 게 없는데, 파리 개선문이 뭐 그리 대단하다고 돈까지 지불하고 올라가야 하는지…….

지하철 티켓이 열장이나 되는 카르네를 손에 쥐고도 까미노에서 매일 걸어야 할 것을 염두에 두고 걷는다. 개선문의 서쪽 길을 따라 샤요궁으로 향했다. 눈에 보이는 낮은 건물과 골목의 고풍스러운 풍경은 휘리릭~ 얼핏 보아도 파리스럽다. 생동감 넘치는 자유로운 사람들과 도시 풍경이 조화로운 파리 자체가 곧 예술이다.

이런 예술의 도시 파리를 즐기기도 전에 데이터가 맥없이 끝나버렸다. 헉! 30일간 마음 놓고 유럽에서 쓸 수 있다던 쓰리유심카드. 왠지 불안한 마음이 석연찮더니 결국 쓰리유심의 3일 천하가 되고 말았다.

파리의 주요 지역을 돌아볼 수 있는 파리의 유람선. 바토 무슈

스마트폰에는 시티맵스2go에 파리시내 지도를 다운로드해 온 게 있어 다행이지만 넉넉한 30일짜리 데이터만 믿고 여행안내서 한 장 없이 온 여행이다. 별안간 프리 와이파이만 찾게 생겼다. 한국에서는 스마트폰 하나면 오케이인데 이런 낭패를 볼 줄이야. 프리 와이파이가 쉽지 않은 파리를 헤매고 다닐 때마다 유심카드 판매자의 무책임이 원망스러웠다.

센강도
에펠탑도 별로여!

에펠탑을 찾아 제 맘대로 걸을 수 있는 이 자유! 스무 살에 파리를 만났다면 어땠을지 많은 상상을 하며 공원을 따라 걸어 내려갔다.

에펠탑을 찍기에 안성마춤인 포토존 샤요궁Palais de Chaillot의 맞은편으로 센강이 흐르고, 다리 건너편으로 구스타브의 에펠탑이 도도히 서 있다.

내 머릿속에는 온통 까미노에 대한 생각으로 가득차 있어서일까? 모든 것이 예술이 되는 파리의 에펠탑을 눈앞에서 바라보고 있으면서도 그저 무덤덤하다. 에펠탑은 야경을 봐야 제맛이라는데 파리 외곽에 있는 앙베르역에서 여자가 혼자 밤 외출을 하려면 모험 없이는 불가능한 일이다.

별 감흥도 없이 그저 시원한 바람을 반기며 센강에서 휴식을 즐기는 중이다. 나들이 나온 가족인 듯 아이들은 스스럼없이 센강에 들어가 물장난을 치는 모습을 보고 있자니 내가 잠시 한강변에 앉아 있는 착각에 빠져든다. 거인 같은 몸집의 피에로의 끈질기고 반강제적인 사진찍기와 그에 따른 작은 댓가도 애교스럽게 받아들여지는 여유는 휴식에서 오는 모양이다.

에펠탑에 커다란 스크린이 내걸렸다. 따가운 햇볕에 웃통을 훌훌 벗어 던진 젊은이들이 여기저기 자리를 잡고 앉은 잔디밭은 테니스 중계를 기다리는 사람들로 채워지고 있다. 2015년 프랑스 테니스오픈이 막바지에 이른 열기가 태양의 열기 못지않다. 강렬한 태양도 개의치 않는 사람들을 뒤로 하고, 넓은 잔디밭이 펼쳐진 샹드마르스Champ de Mars 공원을 걷는다.

나폴레옹 시절의 대포가 담벼락 하나 없이 나란히 놓여 있다. 앵발리드가 가까워질수록 나폴레옹 1세와 조세핀 왕비가 잠들어 있는 황금빛 돔지붕이 햇빛을 강하게 반사시키고 있다.

지그재그로 센강 주변을 오가다 보면 나지막한 건물들로 올망졸망한 도시 풍경이 정겹다. 건물들이 높이 들어선 서울과는 다르게 편안한 느낌으로 다가온다. 아르누보양식의 화려한 가로등을 설치한 알렉상드르 3세 다리는 파리의 3대 아름다운 다리 중 하나이다. 색다른 감흥을 불러 일으키는 이 다리는, 러시아 황제의 이름을 명명했을 정도로 역사적 의미가 담겨 있기도 하다. 다리 건너편으로 그랑 팔레 미술관Grand Palais이 보이는 센강에서 잠시 쉬어 간다.

33 파리의 이방인

오르세 미술관을 둘러보기 전에 레스토랑에서 제대로 된 점심을 먹고 싶은데, 영어는 통하지 않고 영문 메뉴보드가 없어 도무지 알 수 없는 불어 메뉴보드만 멀뚱멀뚱 바라만 보고 있다.

"고기를 좋아하지 않는다"라는 말에 웨이터는 대충 이해를 했는지 고개를 가로 젓는다. 고기가 들어가지 않은 메뉴가 없다는 것이 아닌가 싶다. 무료 와이파이를 사용해야 하는 나로서는 뭐라도 먹어야 해서 웨이터가 말한 몇 개의 메뉴 중 하나를 대충 골라 본다. 옆 테이블의 엘레강스한 파리지엔느 할머니들처럼 릴랙스하게 점심을 즐기고 싶다.

발사믹 소스를 곁들인 식전 빵과, 토마토와 모차렐라 치즈를 데코레이션한 플레이팅은 먹기에는 아까울 정도의 비주얼이다. 그러나 걸

루브르 박물관의 유리 피라미드

어 다니느라 허기진 배를 든든하게 하지 못하고 비싸기만 하다. 우리 나라 일반음식점의 유치찬란해 보이는 메뉴보드가 훨씬 나아 보인다. 음식 내용을 알아 볼 수 있어서 메뉴를 잘 알지 못하는 외국인 입장에 서 나름의 친절한 배려로 보이지 않을래나? 메뉴보드의 과대포장 이미지에 잔뜩 기대했다가 실망하게 되는 그것이 문제일 뿐이다.

오르세 미술관을 거쳐 거대한 루브르 궁전 앞이다. 현대 속에서 바로크양식의 거대한 궁전을 바라보고 있다. '루브르는 영원하다'라는 뜻을 담아 세웠다는 유리 피라미드다. 바로크양식의 아름다운 궁전 앞에 놓인 조형물은 현재와 과거의 조화를 운운하지만 사진에서 봤을 때나 실제로 보아도 여전히 생뚱맞은 구조물이다. 건축이든 미술이든

파리 개선문과 함께 3대 개선문 중 하나인 카루젤 개선문

안목이 젬병이지만 프랑스가 찬탈(?)해 간 작품들을 생각할 때, 루브르를 마주하고서 마냥 감탄에 빠져 파리 예찬만 할 수가 없다.

노트르담 대성당Notre Dame de Paris이 있는 시테섬으로 가기 전까지 튈르리정원의 나무 그늘에 앉아 멀찌감치 루브르를 바라보는 것도 좋다. 자전거를 탄 소년들이 뽀얀 먼지를 날리며 햇빛을 가르며 신나게 달려간다.

퐁네프Pont Neuf역에 내렸더라면 시테섬을 구석구석 돌아볼 수 있었을 테지만 노트르담 대성당의 석양 종소리를 듣기 위해 섬의 중앙에 있는 시테역에서 내려야만 했다. 오래도록 장중하게 이어지는 종소리. 수많은 관광객들 틈에 섞여 석양이라고 하지만 대낮같이 쏟아지

시테섬의 고딕양식의 노트르담 대성당

는 햇빛을 받으며 센강으로부터 불어오는 바람을 즐긴다. 파리가 처음 시작된 곳, 시테섬에 머물고 있다.

몽파르나스 타워를 들러서 로댕 미술관을 가기 위해 피갈르Pigalle역에서 지하철을 갈아탔다. 지하철 노선에 따라 자동문과 수동문이 있는데 내릴 때 녹색버튼을 눌러야 문이 열리는 수동문인데다 안내 방송마저 없으니 지나가는 역을 하나씩 체크해 가며 몽파르나스역에 내렸다. 바욘역 가는 테제베를 타게 될 역 내부를 사전 탐색하고 있는데 기차를 기다리고 있던 청년이 역사 로비에 있는 피아노에 앉아 연주를 시작했다. 이방인의 긴장을 풀고 피아노 선율에 달콤하게 빠져든다. 자신을 마음껏 표현할 수 있는 사람들 이들에게 주어진 환경과 자유로운 영혼이 마냥 부럽기만 하다.

1260년 제작된 이집트 룩소르신전에 있던 오벨리스크를 콩코르드광장에 옮겨 놓았다

엿새가 되는 다음날, 뜻하지 않은 해프닝이 생겼다. 호스텔에 묵은 첫날 예약이 잘못되어 별도로 배정해 주었던 방을 원래 예약한 대로 바꾸는 날이다.

개인 짐을 가지고 1층 로비에 내려오면 아침 11시까지 옮겨주겠다는 말에 배낭을 챙겨서 로비로 내려갔다. 담당직원은 보이지 않고 깍쟁이처럼 생긴 직원이 가타부타 말없이 오후 4시까지 기다리라는 것이다. 그것도 사람들이 오가는 좁은 로비에서 말이다. 자신들의 업무 잘못 때문에 불편을 겪는 투숙객에 대한 배려는 없다.

영어로 입씨름할 자신이 없지만 항의를 하지 않고 무작정 기다린다면 동양인이라고 만만하게 볼지 모른다는 생각이 들자,

"일정이 있어서 기다릴 수 없다."고 나는 강한 어조로 말했다. 직원

리젠트 몽마르트르 호스텔 리셉션

은 여전히 설명도 없이 앵무새처럼 로비에 앉아 기다리란다. 울컥 짜증이 나고 말았다.

"너희들 업무 실수부터 나에게 사과해야 했잖아?"

큰소리로 말을 하자, 로비는 순식간에 술렁댔다. 어눌했던 영어가 술술 나오고, 눈이 휘둥그레진 리셉션 직원은 그제야 자신을 따라오라며 룸카드를 들고 앞장섰다. 로비에 앉아있던 러시안 아줌마가 속이 후련하다는 표정으로 엄지손가락을 치켜세운다. 어지간히 여러 사람을 불편하게 했나 보다.

파리 곳곳을 걸어 다니며 벼룩시장을 비롯하여 많은 곳을 돌아다녔다. 온갖 재료를 쉽게 구할 수 있는 까르푸에서 장을 보고, 주방이 엉

차 없는 샹제리제 거리에 벼룩시장이 열리면 다채로운 먹거리를 구입할 수 있다.

성했지만 호스텔 부엌에서 내 입맛에 맞는 끼니를 해결하고 식비를 절감하며 지낸 일주일이다. 온통 순례의 길 산티아고를 가기 위한 생각뿐이어서 파리 여행에서 흥미로운 일을 전혀 기대하지 않았지만, 나름대로 여유롭고 즐거웠던 파리에서의 시간이었다. 아주 오래도록 파리에 체류해 온 사람처럼 빠르게 익숙해진 몽마르트르 골목의 추억을 안고 간다. 관광만을 위해서 파리에 왔다면, 제대로 즐기지 못했을 소소한 기억들을 남겨 두고 언젠가 다시 찾아오리라.

몽파르나스역에서
바욘행 TGV를 타다

이른 아침 리셉션에서 마지막 정산을 마치고 피갈르역에서 지하철을 탔다. 출근시간대 파리의 지하철도 우리네와 다를 바 없이 출근 인파로 북새통이다.

몽파르나스Gare Montparnasse 지하철역에서 내린 뒤 TGV 타는 곳으로 이동했다. 몽파르나스역은 기차와 지하철 노선이 얽혀 복잡하고 역 내부를 잘 알지 못해 마음이 앞서 허둥댄다.

플랫폼이 많아 프랑스 남서부에 속하는 바욘Byonne역 가는 플랫폼을 어떻게 확인해야 하는지 물었다. 영어를 알아듣지 못하는 인포메이션 여직원은 몇 번을 되묻자, 티켓을 자기에게 달라고 손짓을 한다. 게이트는 출발 십분 전까지 기다려야 한다는 의미의 영어 메모를 해주었다. 지렁이가 기어가는 것 같은 여직원의 영어 필체는 해독이 더 난해하다. 일단 기다려 보는 수밖에……

몽파르나스역에 가면 배낭을 짊어진 사람이 수두룩해서 어려움 없이 바욘역까지 갈 수 있다고 들었는데, 남녀노소 백팩을 멘 사람들은 많았지만 정작 순례자로 보이는 사람은 눈 씻고 찾으래야 찾아볼 수가 없다. 프랑스의 서부와 남서부로 가는 기차의 시발역인 몽파르나스역의 혼잡을 겪으면서 제법 강심장인 나도 더 이상 젊지 않음을 드러내듯, 긴장하면 안절부절못하게 되는 일이 많아진다.

실시간으로 플랫폼 번호를 알려주는 전광판에 정확히 출발 십분 전

프랑스 남서부로 가는 시발역인 몽파르나스 내부

에 내가 타게 될 기차가 표시되었다. 바욘으로 가는 기차를 찾았지만 그것만으로 안심이 되지 않아 기차에 오르는 사람들에게 두 차례나 확인을 했다. 자리에 앉고서야 휴! 한숨을 돌렸다.

3백 킬로미터로 달린 테제베가 5시간 만에 바욘역에 도착할 즈음에는 몽파르나스역에서 조바심을 냈던 마음이 조금씩 평온을 되찾았다. 긴장과 안도가 교차하는 낯선 길 위의 여행이다.

바욘역에서는 생장피에드포르로 가는 기차가 번번이 버스로 교체되는 경우가 있어 반드시 예약한 차의 변경사항을 확인해야 한다는 조언을 받았는데 아나 다를까, 예약된 기차가 버스로 바뀌었다. 이 와중에 한국에서 예매했을 때 사용했던 동일 카드를 제시하라고 한다. "예약했던 카드가 없다면 발권을 할 수 없다"는 원칙을 고수해 당황스러웠다. 상급직원이 담당직원과 상의한 끝에 예약된 표를 두말없이 발권해 주었다. 홀로 나선 여행에서 때때로 우여곡절을 겪기도 한다. 그때마다 도움을 주는 사람들을 만나게 되고, 약간의 긴장이 감도는 이것이 여행의 묘미가 아닌가 싶다.

어디를 가든지 꽃을 사랑하는 마음이 잘 드러나는 프랑스 사람들은 테라스와 창문에 꽃을 걸어 두어 지나가는 사람에게 꽃의 아름다움을 나누는 여유가 부럽기만 하다. 바욘이라는 도시는 바다로 착각하게 되는 니브Nive강을 끼고 있어 아기자기하면서도 바스크의 지방문화 특유의 색다른 정취가 있다. 파리를 거쳐서 오는 길이라면, 한 이틀 바욘에서 느긋하게 묵어가도 좋을 아름다운 도시이다.

바스크지방

이베리아반도에서 가장 오래된 역사를 가진 바스크.
전통적인 바스크인의 거주지역은 피레네산맥을 중앙에 두고
남프랑스와 스페인북부에 걸쳐 있었다.
바스크는 나바라왕국의 영토였다가 이질적인 여러 왕국들과 함께
스페인 왕국으로 통합되었다.
1937년, 스페인 내전 때 히틀러는 공화파 프랑코를 지원하기 위해
바스크지방의 작은 마을 게르니카에 무자비한 폭탄투하를 했다.
이틀 만에 초토화된 게르니카의 참혹함은 이루 말할 수 없었다.
거장 피카소는 그 유명한 작품 '게르니카'로
내전 살상의 만행을 고발했다.
바스크는 현재도 분리 독립을 위해 무장투쟁을 계속해 오고 있다.

베드버그와 함께한
생장피에드포르

바욘 기차역으로 돌아오는 건널목에서 한국 청년들을 만나 동행하게 되었는데 이 때 만난 청년들이 까미노 초반을 여러가지로 배려해 준 마음을 잊을 수가 없다. 바욘역을 출발한 버스는 한 시간 반을 달려 생장피에드포르에 도착했다. 바욘 이후 순례자들로 보이는 비슷비슷한 복장의 사람들이 부쩍 많아졌다. 생장피에드포르가 산띠아고 데 꼼뽀스뗄라로 가는 길목임을 실감나게 하는 풍경이다.

생장피에드포르 프랑스문 앞에서

버스에서 내린 사람들은 프랑스문을 지나 생장피에드포르의 순례
자협회 사무실로 향했다. 순례자협회 사무소에서 2유로와 여권을 제
시하자, 봉사를 담당하고 있는 오스삐딸레로Hospitalero들이 끄레덴시알
Credencial이라 불리는 순례자 여권을 발급해 주었다. 까미노에 필요한
지형지도와 알베르게Albergue에 대한 인쇄물도 빠뜨리지 않고 받아들
었다. 1유로를 도네이션 박스에 넣고 고른 커다란 조개껍데기. 스페인
서쪽 끝의 곳, 피니스떼레에 당도할 때까지 순례자의 상징이 되어줄
조개껍데기를 배낭에 매달았다. 벌써부터 까미노의 순례자가 되었다
는 설렘으로 가슴이 벅차오른다.

생장피에드포르 순례자 사무소에서 안내해 준 지트 데타프 에체구
앙Gite d'Étape Etchegoin숙소에 윤상과 경미, 지영과 함께 짐을 풀었다. 도

순례자협회 사무실에서 순례자 여권을 발급받는다.

미토리가 딸린 오뗄로 분류된 이 숙소에서는, 아커이유 삘러렝Accuil Pelerin 공립 알베르게의 스탬프를 찍어 주었다. 저녁을 먹고 긴장이 풀린 까닭에 내일 출발에 대한 별다른 준비 없이 생장피에드포르에서의 첫날을 보내게 되었다. 까미노의 알베르게에서는 특별히 베드버그Bedbug를 조심해야 한다고 들었지만, 평소 벌레에 잘 물리는 체질이 아니어서 무사태평하게 잠을 청했다.

모두가 깊은 잠에 빠져 있는 조용한 새벽, 잠결에 견딜 수 없는 가려움이 생기더니 점점 심해졌다. 더 이상 달콤한 잠을 기대할 수 없다. 생각지도 못한 베드버그에 물린 것이다. 그것도 한 두 군데가 아니어서 발작적인 가려움으로 잠을 잘 수 없는 지경에 이르렀다. 염치 불고하고 베드버그용 스프레이를 가지고 있는 윤상을 흔들어 깨웠다.

니브강이 흐르는 생장피에드포르의 석양

깊은 잠에서 눈을 뜬 윤상이 비몽사몽 중, 긴머리를 풀어헤친 나를 발견하고는 귀신인 줄 알고 놀라 말을 잇지 못했다. 이름도 생소한 베드버그 소동에 잠든 순례자들이 깨어날까 봐 마음을 졸여야 했다.

순례의 길에 준비성 없는 것을 비웃기라도 하듯, 베드버그의 무지막지한 환영식을 치렀다. 가벼운 배낭꾸리기에 급급해서 기본 물품만 간신히 챙겨 넣은 게 내심 염려가 되어 뒤숭숭한 생장피에드포르의 밤은 뜬눈으로 하얗게 지새우고 말았다.

피레네산맥을 넘어 가다
Saint-Jean-Pied-de-Port - Roncesvalles 25.1km

1일째

생장피에드포르의 아침 햇살이 순례자의 긴장된 마음을 토닥여 준다. 청년들과 이야기를 나누며 산책을 나서듯 설레는 마음으로 오르기 시작한 프랑스길, 해발 8백 미터의 오리손Refuge Orisson 알베르게까지 올라가는 일이 점점 힘들어지자 주거니받거니 하던 말수가 줄어들었다. 물을 마셔도 갈증이 계속되고 두통까지 생기자, 까미노 시작부터 슬그머니 후회가 찾아온다. 이런 와중에 큰 배낭까지 메고 산을 올랐다면 어찌되었을 것인가? 윤상君이 캐리어백을 동키서비스Transporte de Mochila를 받을 때 그나마 배낭을 함께 보내기를 정말 잘했구나 싶다. 까미노의 동키서비스는 자신이 묵었던 알베르게에 짐을 맡겨두면 한 구간씩 배낭을 실어 나르는 순례자를 위한 유료 배달서비스이다. 다음 구간의 알베르게 이름을 쓰고 알베르게에 비치된 봉투에 7유로를 넣어 배낭에 매달아 놓기만 하면 된다.

작은 가방을 메고 산에 올라도 숨이 가쁘다. 거칠게 몰아쉰 숨을 고르며 간신히 8백 미터 높이의 오리손 알베르게에 도착했다. 산 아래 펼쳐진 멋진 풍광을 보고도 감탄할 여지없이 이미 지쳐버렸다. 까미노가 이제부터 시작인데 어쩌나……

"마리안, 저희와 론세스바예스까지 가는 것은 어떨까요?"

윤상의 제안을 받자, 평소에 운동을 하지 않았던 허약한 내 체력으로 25킬로미터 구간의 피레네산맥을 하루 만에 올라갈 수 있을 것 같지 않아 망설여진다. 더구나 오리손 알베르게는 프랑스길에 단 하나뿐인 바르이자 사설 알베르게다. 예약이 필수라고 하여 한국에서 이

생장피에드포르에서 8백 미터 높이에 있는 사설 알베르게 오리손

메일로 숙박을 확정하고 결제까지 마치는데 꼬박 일주일을 기다려서 얻은 알베르게가 아닌가? 지금 같아서는 오리손 알베르게에 짐을 풀고 싶은 마음이 굴뚝같다. 한편으로는 바욘역에서 청년들과 만남이 우연이 아니라는 생각이 들었다. 청년들과 피레네산맥을 올라가야 할 이유가 있어 만나게 된 인연인지도 모를 일이다. 오늘이든 내일이든 반드시 올라가야 할 피레네산맥의 까미노이니 청년들을 따라나섰다. 분홍 야생화들과 목가적인 풍경이 이어진 아름다운 길, 발아래 깔린 구름 위를 걸어간다.

피레네산맥을 타고 오르는 프랑스길은, 포르투갈을 정복하기 위해 이베리아반도를 침입한 나폴레옹의 군대가 이용한 길이었다고 하여 붙여진 이름이다.

피레네산맥에 방목 중인 양 떼

생장피에드포르에서 시작한 까미노 데 산띠아고의 두 개의 루트 중, 이 길은 까미노에서 제일 힘든 길이다. 풍광이 제일 아름다운 구간이라고 경험자들이 이구동성으로 말하지만, 피레네산맥을 넘어갈 때 비가 내리거나, 구름 한 점 없이 뜨거운 태양이 내리쬐면, 고통이 극심해지는 곳이기도 하다. 오늘처럼 구름이 해를 가리고 있는 날씨는, 이곳을 오르는 순례자들에게 얼마나 다행스럽고 감사한 일인가! 하지만 높이 오를수록, 숨이 가쁘고 두 다리의 근육은 돌처럼 굳어져 참을 수 없는 고통을 고스란히 느끼고 있다. 한 걸음씩 발을 떼고 있는 것은, 오로지 올라가야만 한다는 정신력으로 끝없이 피레네를 오르고 있다. "여기가 피레네산맥 오름의 끝이다" 라고, 누군가 소리쳐 말해 줬으면…….

사세 언덕의 순례자를 추모한 돌십자가 무덤

도대체 하늘에 잇닿은 길은 언제쯤 끝이 난다는 말인가. 프랑스 루르드에서 가져다 놓은 오리손 봉우리의 알록달록한 마리아상 앞에서 쉬는 것도 잠시뿐, 다시 올라간다. 인생이 자기의 짐을 지고 묵묵히 살아가야 하는 것처럼, 순례자도 자신의 배낭을 메고 한 걸음씩 걸어가야 하는 고독한 길을 시작하기가 무섭게 직면한 고통이다.

사세 언덕의 돌십자가 무덤을 거쳐 올라가다 마주한 두 갈래 길에서 오른쪽 풀밭을 따라 까미노가 이어졌다. 이 지점은 날씨가 흐리거나 눈비가 내리는 날, 자칫하면 길을 잃기 쉽다는 곳이다. 각자 흩어져 말없이 걷고 있다. 누군가 등 떠밀어 온 순례의 길이 아닌데 까미노 첫날, 육체의 극한 고통은 "왜 여기를 오르고 있는 것인지 까미노는 왜

롤랑의 노래에 나오는 롤랑의 샘

나섰던가?" 하는 후회가 밀려오고 나 자신을 타박하는 물음을 하며 한 걸음씩 내딛는다. 가슴이 터질 것 같아 숨을 쉬는 것조차 고통스럽다.

'롤랑의 샘'을 지나 한 시간쯤 걸었을 것이다. 피레네산맥에서 제일 높은 봉우리 1,450미터의 레푀더 안부Collado de Lepoeder에 도착했다. 드디어 나바라Navarra주의 시작이다.

"야호!" "우와!" 누구랄 것 없이 여기저기서 저절로 함성이 터져 나왔다. 살찐 큰 소들과 말과 양떼가 한폭의 그림이 되는 피레네산맥 골짜기에서 양철북을 두들기듯 큰소리가 들려온다.

땡그렁! 땡그렁!~~

쉰넷의 나, 얄팍한 통장잔고를 탈탈 털어서 50일짜리 배낭여행을 시작했다. '내일은 내일이 알아서 한다'는 대책 없는 무모한 배짱이었다. 넉넉한 여행 경비도 없이 서툰 영어로 배낭여행을 감행한 나에게 워낭소리는,

"순례자여, 힘을 내라!" 외치는 응원의 소리로 들린다. 금방 쓰러질 것 같이 고통스럽던 한계를 넘은 것인가? 아니면 제일 높은 고개를 넘었다는 안도의 자신감인가? 무엇이었든 간에 거짓말처럼 빠르게 여유를 찾아가고 있다.

레푀더 안부로부터 프랑스와 스페인의 경계를 넘어 신비로운 까미노가 이어지고 있다. 오리손 봉우리에서 만났던 에스더, 큰 배낭을 메고 절룩거리며 걷고 있는 그녀를 롤랑의 샘에서 다시 만났다. 그녀는 남아메리카 여러 곳을 트레킹하고 생장피에드포르로 건너와 홀로 산

띠아고로 가는 순례를 시작한 59세의 미국인이다. 세 번의 결혼을 하고 다시 싱글이 된 그녀가 여전히 좋은 남자 만나기를 기대하고 있다고 하길래,

"난 딱 한번으로 족해."

절레절레 고개를 흔들자, 에스더가 크하하!~ 웃음보를 터뜨린다.

"새로운 사랑은 인생의 활력을 주는 멋진 일이야."

"오, 노우! 인생의 활력을 얻으려다 그만 죽고 말거야!"

그녀와 나는 아줌마들의 전매특허인 수다를 떠느라 힘든 줄을 모르고 걷고 있다. 론세스바예스로 내려가는 너도밤나무숲은 로빈 후드의 숲을 연상시킬 만큼 환상적이다. 좁은 내리막길에 해묵은 낙엽까지 켜켜이 쌓여 있어 매트리스 위를 걷고 있는 것 같은 푹신푹신한 숲길이 쭉 이어졌다. 이라띠Bosque de Irati 숲은 유럽에 사는 모든 종류의 딱따구리가 관찰될 만큼 유럽의 너도밤나무숲 중에서 가장 넓다는 곳이다. 이라띠숲의 새소리와 나무 이파리들을 흔들며 오는 상쾌한 바람이 온몸을 휘감는다. 자연과 호흡하며 론세스바예스로 가는 아름다운 까미노. 산띠아고 데 꼼뽀스뗄라로 가는 나는 행복한 순례자 마리안이다.

"올라!"

"올라!"

완만하게 이어진 내리막길에서 헬렌과 모나를 만났다.

"스페인 와인에 푹 빠져 거북이 몸이 되었어요."

과장된 몸집으로 지난밤의 피곤을 거침없이 드러내는 런던에서 온

처자들이다. 에스더가 나와 함께 걷게 된 이유에 그녀들에게 설명해
주자, "다리 아픈 에스더와 동행하는 마리안이야말로 에스더의 까미
노 천사"라며 호들갑스럽게 반색했다. 그녀들은 이번 여름휴가에 로
그로뇨에 도착하면 런던으로 돌아갔다가 다음 휴가기간에 까미노에
돌아와 순례를 이어갈 계획이라며 그녀들이 두 팔을 익살스럽게 흔들
어 보이며 앞서 내려갔다.

"헬렌과 모나, 부엔 까미노!"

키 큰나무들 사이로 론세스바예스의 교회가 보였다. 피레네산맥을
넘어와 첫 알베르게가 눈앞에 있다니 믿겨지지 않는다. 까미노를 만

론세스바예스의 이찬데이하 알베르게가 보이자 기뻐하는 에스더

만하게 생각한 것은 아니었지만 체력을 감안하지 않고 무작정 걷다 보면 짜잔~하고 눈앞에 나타나는 알베르게를 기대했던 게 얼마나 무모한 착각이었는지…….

　내려오는 길이 에스더의 무릎에 무리가 되어 심하게 절룩거렸다. 그녀를 사설 알베르게에 데려다주고 알베르게 이찬데이하Albergue Itzandegia에 들어서자 굵은 빗방울이 후두둑! 떨어지기 시작한다.

　오스삐딸레로가 알려준 저녁 식사에 맞춰 땀에 젖은 몸을 씻고 세탁까지 마치자 얼결에 론세스바예스까지 당도한 사실이 실감나기 시작했다. 한국 청년들과 피레네산맥을 넘지 않고 오리손 알베르게에 묵었더라면 변덕스러운 날씨에 낭패를 보았을 것이었다. 순례자들이 까미노에서 만나게 된다는 천사를 세 명이나 만났으니, 순탄하게 산띠아고로 갈 수 있다는 예감이 든다. 긴 여행을 떠나와서 힘든 구간을 동행해 준 윤상君 대학원생 경미와 지영, 청년들에게 감사를!~

뻬레그리노를 위한 메뉴

　스페인 레스토랑의 저녁 식사 오픈은 9시부터이지만 순례자를 위해서 까미노의 레스토랑과 바르Bar는 저녁 7시가 되면 순례자를 위한 뻬레그리노 메뉴를 제공하고 있다. 11유로에 먹을 수 있는 순례자 메뉴는 세 가지 코스 요리로 심플하게 구성되어 있다. 애피타이저인 샐러드나 수프와 밥이 나오고 메인 디시는 육류나 생선요리에 감자튀김이 곁들여 나오고 푸딩과 아이스크림 등이 디저트로 주어진다. 까미노에서는 메뉴보드를 보아도 내용을 알 수 없는 음식을 고르느라 고민하지 않아도 뻬레그리노 메뉴 하나면 간단하게 푸짐한 저녁 식사를 순례자들과 어울려 해결할 수 있는 것이다.

베네피시아도스Beneficiados 레스토랑을 찾았다. 한국문화에 관심을 보이는 여직원은 화사한 미소로 서비스 내내 우리의 마음을 편하게 해주었다. 베네피시아도스에서는 수프에 얇게 썰어 바싹 구운 쇠고기와 튀긴 감자가 곁들여졌다. 순례자 메뉴에 포함된 아구아Agua와 와인 중, 레드와인과 화이트 와인Vino Tinto을 선택해서 까미노의 첫날 힘들고 어려운 구간을 안전하게 돌파한 것을 기념했다. 스페인의 와인은 물만큼이나 저렴한 데다 맛까지 좋아서 식사 때 곁들이는 한 잔의 와인은 피로를 덜어내기에 좋은 회복제라고 입을 모은다.

순례자들이 느긋하게 저녁을 먹는 동안 강한 바람이 불면서 빗줄기가 굵어졌다. 환상적이던 너도밤나무의 숲은 무심히 어둠 속으로 사라져버렸다. 25킬로미터 프랑스길, 첫 관문 피레네산맥을 7시간 이상 걸어오느라 기진맥진한 순례자들은 빗소리를 들으며 까미노의 밤을 맞이하고 있다.

까미노에서 만난 서양 순례자들은 "한국 순례자들은 왜 위피 위피 WI-FI 만 찾느냐?"고 묻는다. 자주 받는 질문 중 하나이다. 스마트폰 정보검색에 익숙한 우리나라 환경을 이해하지 못하는 그들에게 무거운 책 보다 스마트폰이 정보이용에 편리하고 간편하다는 설명하기가 쉽지 않다. 한국보다 선진국에서 온 그들도 책 한 권씩은 배낭에 넣고 다니는데 스마트폰에 전적으로 의존한 변명은 군색하기까지 하다. 까미노에 데이터가 없는 스마트폰은 결코 스마트하지 않다. 충분한 데이터의 유심카드가 없다면 바르나 알베르게에 도착하여 와이파이 비밀번호를 넣기에 바쁘다. 알베르게에서 일일이 비밀번호를 물어가며 사용해야 하는 와이파이에 매달리는 일도 번거로워 하루 일과를 기록하는데 애를 먹고 있다.

　파리 이후 데이터를 쓸 수 없어 답답하지만, 스마트폰을 제대로 사용할 수 없는 상황을 받아들이기로 했다. 한국 청년들도 동일한 쓰리 유심카드로 바꾸자마자 문제없이 잘 사용 중이라는데, 미안해 하기는 커녕 극구 "당신의 잘못"이라며 답장 메일을 보낸 한국 판매자. 여행

론세스바에스 알베르게를 나서는 한국 청년들

의 훼방꾼이 된 그가 곁에 있다면 주리라도 틀어주고 싶다. 또다시 이 길을 다시 찾는다면, 배낭무게를 개의치 않고 책 한 권쯤은 배낭에 넣고 다니리라.

빗소리는 더욱 거세지고 있다. 숲을 흔들고 있는 바람소리가 예사롭지 않다. 내일도 계속 비가 내린다면 어떻게 걸어가야 할지, 까미노의 상황은 어떻게 전개될지, 심란하지만 이래도저래도 부실한 허리 걱정이 태산이다. 내일에 대한 걱정도 잠깐, 눅눅한 알베르게에서 낯선 체취와, 누군가의 심한 코골이에도 아랑곳하지 않고 침낭을 뒤집어 쓴 채 머리가 베개에 닿기가 무섭게, 잠에 곯아떨어지고 말았다.

Buen Camino Corea!
Roncesvalles - Larrasoaña 27.4km

2일째

어제 오후, 론세스바예스에 도착해서부터 후두둑! 떨어지던 빗방울이 장대비가 되어 쏟아지는 아침, 아무런 준비 없이 주섬주섬 배낭만 챙겨 메고 청년들의 뒤를 따랐다. 순례자 중 마지막으로 알베르게를 나서는 우리에게 오스삐딸레로들이 박수로 배웅해 주었다.

"Buen Camino. Corea!"

"그라씨아스 오스삐딸레로"

여름의 시작을 알리는 빗속을 익숙하지 않은 배낭과 긴 판초우의를 입고 걸어야 하는 것이 아픈 허리에는 무리지만, 바욘에서부터 동행하고 있는 윤상과 경미, 지영이 있어 마음이 든든하다. 노란화살표의 까미노를 따라 너도밤나무숲과 목장 사이로 평평한 길이 이어져 윤상의 뒤를 졸졸 따라가기만 하면 되었다.

얼마나 걸었을까? 배는 고프고 어딘가에 기대어 쉬고 싶은 생각이 간절하지만 쉴 곳은 없고, 줄기차게 내리는 비는 그칠 기미가 없으니 애꿎게 내리는 비가 야속하기만 하다.

빗속에 음산하게 서 있는 바리의 산 니꼴라스교회를 지나고 있는 마을 부르게떼Burguete는 학창시절 읽었던 헤밍웨이의 첫 장편소설『태양은 또다시 떠오른다』에 등장하는 마을이다.

잠시 후, 길 건너의 바르를 발견한 우리는 구세주를 만난 듯 더욱 잰 걸음을 했다.

부르게떼의 산 니꼴라스교회

"올라"

바르에 들어서자 첫 번째 듣는 인사말이다. 아직은 "올라"가 낯설어 "하이!"가 입밖으로 먼저 나온다. 몹시 배가 고파 뭐라도 많이 먹을 것 같았지만 막상 까페 꼰 레체Caffé con leche 한 잔을 마시자 거짓말처럼 배고픔이 사라졌다. 바르에서 잠깐 숨을 돌린 뒤 에너지바 하나를 입에 물고 다시 길을 나섰다. 머잖아 순례자의 하루는 '올라'와 '부엔 까미노'로 시작해서 '부엔 까미노'로 마치게 될 것이다.

'Buen'은 'Good'과 같은 뜻이다. 'Camino'는 길을 뜻하는 말이니 산띠아고 데 꼼뽀스뗄라로Santiago de Compostela 가는 순례자의 길이 안녕하기를 바라며 좋은 여행이 되라는 인사말이다. 판초우의에 가려져 얼굴을 알지 못해도 각국에서 온 순례자들은 서로를 위해 "부엔 까미노"를 외치며 다시 묵묵히 걷기 시작한다.

"부엔 까미노!"

바짓단을 타고 흘러내린 빗물에 양말은 물론이고 신발이 다 젖었다. 까미노의 적합한 신발로 추천을 받은 고어텍스 등산화도, 비에는 속수무책이어서 빗물에 부르튼 발가락은 점점 아파오고 빗속에 쉴 곳 하나 없다. 길 위의 순례자들은 약속이나 한 듯 말없이 걷고 또 걷는다.

에로Erro 고개를 지나 내리막길이 끝나는 곳에서 몇몇 순례자들은 수비리에 짐을 풀었다. 나는 윤상을 따라 이라라츠를 지나서, 라라소아냐 마을로 들어가는 뿌엔떼 데 로스 반디도스Puente de los Bandidos 도적의 다리를 건넜다.

"올라!" 라라소아냐 순례자 사무실 직원이 순례자들을 반겨 주었다. 나의 여권과 순례자 여권인 끄레덴시알을 건네자, 출발한 마을이 어디였는지를 확인한 뒤 스탬프를 찍어 숙소를 배정해 줬다. 배정된 방과 침대의 번호가 적힌 쪽지를 들고 사무실 건너편에 있는 알베르게로 옮겼다. 이미 많은 사람들이 도착하여 짐을 풀었다. 사람들의 체취와 눅눅한 실내에 배인 냄새가 달갑지는 않지만 땀에 젖어 냄새나는 몸을 씻을 수 있는 숙소, 하룻밤을 묵어갈 수 있는 잠자리가 있다는 사실만으로도 하루 종일 걷는 순례자에게는 감사한 일이다.

아담하고 작은 마을의 바르에서 순례자들이 모여 왁자지껄하다. 라라소아냐Larrasoaña 순례자 사무실을 배경으로 나의 기념사진을 찍어주던 이탈리아노를 바르에서 만났다. 순례자들은 누구랄 것도 없이 테이블에 둘러앉아 오랜 친구들처럼 스스럼없이 축배를 들었다.

"치어스!" "치어스!"

빗속에 바르의 실내는 자전거로 순례 중인 이탈리아노들의 수다스럽기까지 한 목소리와 호방함이 한데 어우러진다. 여행의 흥이 한껏 오르자 기념사진을 찍느라 또 한바탕 바르가 시끌시끌해지고 여러 순례자들과 어울려 저녁을 먹는 사이 하루의 고단함이 말끔히 씻겨 나갔다.

밤이 깊었지만 여전히 비가 내리고 있다. 여벌옷이 많지 않아 필히 세탁한 옷이 당일에 건조되어야 하는데 알베르게에 탈수기만이라도 있었으면 좋았을 것을, 비가 계속 내린다면 갈아입을 옷이 걱정이다. 내일은 마르지 않은 옷을 배낭에 매달아 말리거나 비닐에 담아서 넣고 다녀야 할지도 모른다. 한국 청년들은 알베르게의 작은 전기히터를 빌려와서 등산화를 말리는 중이다. 청년들이라고 해서 결코 쉬운 길이 아닌 까미노인데 내 등산화까지 말리느라 애를 쓰고 있으니 청년들에게 고마운 마음을 어떻게 전해야 할지 모르겠다.

순례자들이 생장피에드포르를 출발하여 대략 28일~34일간의 일정으로 산띠아고에 도착한다. 일부는 짧은 휴가기간 동안 대도시인 로그로뇨·부르고스·레온을 중심으로 걷기 때문에 만남과 헤어짐을 반복하며 까미노의 친구가 되어 간다. 설렘 반 걱정 반 하면서 빗속을 뚫고 씩씩하게 걸어온 내 자신이 어찌나 대견스럽던지 이탈리아노의 드르렁! 드르렁! 극심한 코골이마저 용서가 되는 라라소아냐의 밤이다.

라라소아냐의 바르에서 순례자들의 저녁 식사

'투우사의 노래' 엔시에로의 도시

Larrasoaña - Pamplona 16.5km

3일째

연이어 이틀 째 까미노에 비가 내리자 젖은 세탁물은 비닐봉투에 담아 배낭에 집어넣고 알베르게를 나섰다. 아께레따Aquerreta에서 이어지는 소나무숲은 수리아인Zuriain까지 4킬로미터나 계속되었다. 큰 도로의 가장자리를 따라가는 까미노는 혼자 걷기에도 좁은 길에 화물자동차들이 쌩쌩 무섭게 내달릴 때마다 몸이 휘청거리자, 바짝 긴장한 다리가 후들거린다.

11.2킬로미터 구간의 뜨리니닫 데 아레Trinidad de Arre까지는 쉴 곳이 없어 무작정 앞만 보고 걸었다. 다리를 건너 기다리던 바르를 발견한 우리 일행은 우르르 달려 내려갔다. 잘 참고 있다가도 바르가 보이면, 발의 통증과 피곤이 왜 그렇게 한꺼번에 밀려드는지 모를 일이다. 판초우의의 빗물이 뚝뚝 떨어지고, 몸은 반쯤이나 젖었지만 바나나와 까페 꼰 레체 한 잔의 달콤함은 까미노에서 만나는 나의 오아시스인 것이다.

판초우의를 벗어 든 무표정한 일본인 노부부가 빈자리를 찾느라 두리번거린다. 자리도 양보할 겸 긴장이 풀리기 전에 일어나야겠다. 빗줄기가 잦아드는가 싶더니 바람까지 거세졌다. 빗속에 삭막한 길이 계속 이어졌다.

'뚜르 드 프랑스'에서 5연패를 이룬 스페인의 사이클 영웅 미겔 인두라인이Miguel Indurain 태어난 도시 비야바Villava를 지나고 있다.

미겔 인두라인은 스페인이 자랑하는 세계적인 전설의 사이클리스트이다. 걷는 것도 힘든 까미노에 유독 사이클 라이더가 많은 이유인지 모르겠다.

부를라다Burlada를 지나 아르가강의 막달레나 다리를 건너자 높은 성곽이 나타났지만 비가 내리고 있어 노란화살표를 찾기가 쉽지 않다. 어디로 가야 할지 방향을 잡지 못하고 멈칫거리고 있을 때 멀리 지나가는 주민을 쫓아가 까미노의 방향을 확인하고 돌아온 윤상. 그를 따라 펠리페 2세가 건설한 방어벽 성곽을 끼고 오르자 석조 아치형의 프

비야바의 재미있는 벽면 앞에서

랑스문이 나타났다. 9세기 옛 나바라왕국의 수도이자, 나바라주의 주도인 빰쁠로나의 중세적인 고풍스러움이 묻어나는 도시가 빗속에 모습을 드러내었다. 헤밍웨이의 장편소설 『태양은 또다시 떠오른다』에 묘사된 '산 페르민 축제'로 더욱 유명해진 빰쁠로나이다.

비는 내리고 도시로 들어와 알베르게를 찾는 일이 쉽지 않았다. 여전히 청년들의 도움을 받아 알베르게에 짐을 풀었다. 헤수스 이 마리아 공립 알베르게Jesus y María는 일찍 도착한 순례자들로 북적였다. 까미노 초반 익숙하지 않은 몸은, 체력을 안배한다고 해도 어쩔 수 없어 알베르게에 들어서자마자, 침대에 그대로 엎어져 잠들고 싶은 마음이 굴뚝같다. 하지만 내일을 위해 샤워와 세탁은 순례자가 최우선으로 해야 할일이다.

샤워실로 내려가다 아께레따에서 만났던 명희씨를 다시 만났다. 그녀는 한국에서 온 순례자들의 세탁물을 수거하여 세탁실로 내려갔다.

나중에 알게 된 사실이지만 114개의 침상이 순례자들로 가득해서 유료 세탁실은 저녁 내내 북새통이었다. 그녀는 휴식 대신 세탁을 위해 차례를 기다렸다가 세탁과 건조를 마칠 수 있었을 터이다. 빗속을 걷느라 까미노 초반의 순례자는 다른 사람을 배려할 여유를 잃을 만큼 고되다. 그런데 명희씨는 당연한 일을 하

빰쁠로나 도시 입구

는 것처럼 건조된 옷을 개켜서 한국순례자들의 침대 머리맡에 가지런히 놓아두었다. 남다른 그녀의 친절한 배려는 정신없이 걷기에 바쁜 마음에 뭉클한 감동을 주었다.

오밀조밀 중세풍의 좁은 골목에 카페와 레스토랑이 즐비하다. 청년들과 맛집을 찾아 골목을 빙빙 돌다 결국 알베르게에 가까운 레스토랑에 자리를 잡았다. 영어를 모르는 직원이 우리의 주문을 알아듣기나 했는지 모르겠다. 접시에 내어 온 두툼한 크기의 스테이크는 배고픈 순례자의 눈을 즐겁게 하는가 싶더니 나이프를 대자마자 핏물이 뚝뚝 떨어지는 완벽한 레어Rare스테이크였다. 기겁을 했다. 핏물이 흥건한 고기접시는 주방으로 보내져 다시 구워져 나왔지만, 너무 질겨진 스테이크를 이번에는 나이프로 톱질을 해야 했다. 요즘 아이들 표현대로라면 헐!~이다. 그나마 문어는 얇게 저민 감자와 올리브가 곁들여져 무난하게 먹을 수 있어 다행이다. 육류를 잘 먹지 못하는 대신 해산물을 좋아하는 나는 갈리시아지방에 가야 제 맛이라 하는 뿔뽀Pulpo 그곳에 당도하면 문어요리를 꼭 다시 먹겠노라고 벼른다.

어니스트 헤밍웨이가 즐겨 찾았다는 까스띠요 광장의 이루냐Iruña 까페를 찾다가 소몰이 청동상 앞, 가이드의 설명에 귀를 기울이고 있는 청년들을 보며 투우사의 노래를 떠올린다.

- 까르멘의 '투우사의 노래 중에서' -
황소가 울타리 밖으로 나오는 그 순간이다.

그는 돌진한다. 부딪힐 듯이 달려든다!

말은 넘어지고 투우사는 끌려간다.

와아! 잘한다. 황소여! 하고 외치는 관중.

황소가 돌아서 달려든다.

몸에 박힌 창을 사납게 흔들며

화가 나 미친 듯 이리저리 마구 달린다.

경기장은 피로 얼룩져 있다.

사내들은 뛰어 나와 담을 넘는다.

자 이제 네 차례다. 자, 가자! 조심하여.

아! 투우사여 조심하라!

"대한민국 청년들이여 이제 네 차례다. 자, 가자! 조심하라. 아, 청년들이여 조심하라!" 내 마음속에서도 대한민국 청년 정신이 깨어나길 응원하며 소리친다.

매년 7월 6일에서 7월 14일까지 여드레 동안 열리는 산 페르민 축제의 꽃, 엔시에로Encierro 축제가 열리는 동안 매일 아침 8시 정각이면 산또 도밍고 광장에서 투우장으로 가는 소들이 에스따페따 거리를 지나 825미터를 달린다. 소들이 내달리는 거리에는 소들을 피해 달아나는 수많은 사람들의 함성이 광장마다 울긋불긋 물결친다. 축제 때마다 부상자가 속출한 가운데도 축제의 열기는 식을 줄을 모른다. 모험을 즐기려는 전세계의 사람들이 해마다 산 페르민 축제에 더욱 열광적으로 참여한다고 하니, 열정의 나라 스페인다운 축제이다.

밤이 되자 하나 둘 잠에 빠져들었다. 어둑한 침대 사이에서 경미와 지영이 조심스럽게 움직이고 있다. 내일 아침, 뽀송한 등산화를 신을 수 있도록 한 장씩 뭉친 신문지를 한국에서 온 순례자들의 젖은 등산화에 끼워 넣고 있다. 점심을 먹던 레스토랑에서 그녀들이 신문지를 구하고 다닌 이유였던 것이다. 빰쁠로나의 헤수스 이 마리아 알베르게에서 한국의 순례자들을 만나고, 청년들의 순수한 배려에 감동하며 비가 흩뿌리는 빰쁠로나의 밤이 행복하게 깊어간다.

빰쁠로나의 소몰이 청동상이 엔시에로의 역동성과 긴장감을 잘 표현하고 있다.

알베르게를 떠나며 순례자들과 기념사진을 찍다. [사진: 유명희]

나바라와 라 리오하지방

주도는 나바라왕국의 수도였던 빰쁠로나이며
북부지역에서는 바스크어와 남부지역의 까스띠야어가
반반씩 공존하여 사용되어지고 있다.
라 리오하지방으로 가면 와인 주산지의 고지대와
과일과 채소가 주산업인 저지대로 나뉜다.
어니스트 헤밍웨이의 소설에 등장하여 세계적으로 유명한
산 페르민 축제의 엔시에로가 매년 7월이면 열린다.
빰쁠로나에는 헤밍웨이가 자주 들렀다는 이루냐 카페가 있다.

용서의 언덕을 넘어서

Pamplona - Puente la Reina 24km+

다음날 도시가 깨어나기 전 어둠 속에서 조용히 길을 떠나는 순례자들의 발자국 소리만 저벅저벅 울린다. 까미노의 아침은 새로운 이야기로 시작된다. 까미노는 묵시적으로 혼자 출발한다. 이 길은 누군가를 기다렸다가 함께 가는 길이 아니라 순례자들과 앞서거니뒤서거니 자신의 페이스대로 자신을 대면하고 가는 고독한 길이다. 걷다 보면 바르에서 만났다가 헤어지고 다시 만나게 되는 까미노는 인생이라는 무대와 꼭 닮은꼴이다.

빰쁠로나 시내를 벗어나는 동안 도로를 따라 걷는 까미노는 도시를 지나가면서 만나는 사람들과 자동차의 소음이 많아 썩 반갑지 않은 길이다. 한 시간쯤 걸었을까? 까미노는 나바라대학 교정을 통과했다. 넓게 탁 트인 까미노는 시수르 메노르까지 평탄하게 계속 이어졌다.

치자꽃 향기를 뿜어내는 노란금작화와 가시덤불 속에서 수줍게 핀 예쁜 꽃들. 까미노의 순례자를 위해 깔아놓은 꽃길인 양, 아름답게 이어진 길에 비가 오락가락 흩뿌린다. 사람들과 말을 섞지 않아도 되고 철저하게 혼자가 되어 걷는 자유와 해방감. 조용한 대지 위를 홀로 걷는다는 것만으로도 이렇듯 고요한 평온함을 누릴 수 있는지 놀라울 따름이다.

시수르 메노르Cizur Menor 들판을 완만하게 오르는 길. 왼쪽으로 샤를마뉴 대제가 군대를 이끌고 무어인들을 물리쳤다는 갈라르 마을이 Galar 보인다. 언뜻 넓은 대지에 싸인 마을은 평온해 보인다. 하지만 레콩키스타로 불리는 국토회복운동이 전개되어 많은 사람들의 피가 물든 역사의 현장이라니 숙연해지는 길이다.

연이틀 내린 비로 질퍽해진 좁고 가파른 까미노. 움푹 파인 웅덩이를 피하느라 순례자들의 발자국이 어지럽게 얽혀 있다. 무성한 덤불 숲에 가려진 비탈진 계곡으로 굴러 떨어지지 않으려면, 웅덩이를 피해 앞서 간 순례자의 발자국을 그대로 밟고 가는 것이 안전하다. 빗물이 고인 큰 웅덩이들이 길을 내어주지 않아 결국 순례자들은 둔덕으로 올라서 해바라기 밭에 길을 내며 걷는다. 어린 해바라기를 피해 한 발 한발 내딛는 걸음이 조심스러운데 진흙이 엉겨 붙은 등산화는 추를 매단 듯 묵직하게 끌린다.

거친 길과 널찍한 길, 웅덩이가 있는 길, 오르막과 내리막길 등등. 다양한 대지의 까미노는 사람의 인생길과 여실히 닮았다. 그런데 어떤 길이 좋은 길이고, 어떤 길이 나쁜 길인가? 포장도로는 자갈에 채일 일이 없고, 진흙을 묻힐 일이 없어 수월한 것 같아도 몸에 무리를 준다. 널찍한 길은 여러 사람이 함께 걸을 수 있어서 도란도란 이야기를 나눌 여유를 주는가 하면, 좁은 길은 외롭게 혼자서 걸어야 하는 길이다. 오르막길은 턱밑까지 차오르는 숨을 내쉬며 한걸음씩 인내를 발휘하며 걸어야 하고, 내리막길은 자칫 잘못하면 굴러 떨어지기 때문에 더욱 신중하게 걸어야 하는 길이다.

이렇게 다양한 꼴의 까미노를 걷다 보면 살아온 인생이 나 자신에게만 유독 힘들거나 가혹한 길이 아니었음을 인정하게 된다. 모든 사람들이 예외 없이 거쳐 가야만 하는 삶의 길도 이와 다름이 없다.

언덕을 막 올라선 프란체스카의 뒷모습 사이로 순례자 철제조형물이 보인다. 멀리 능선을 따라 풍력발전기의 하얀 프로펠러가 한눈에 들어오는 용서의 언덕Alto del Perdón이라 불리는 뻬르돈이다.

790미터의 고개에 서서 거칠어진 숨을 고르며, 멀리 내가 지나온 도시 빰쁠로나를 내려다보고 있다. "용서하되 일곱 번씩 일흔 번이라도 하라" 예수님의 말씀대로 나를 괴롭게 하고 아픔을 준 사람을 용서하고 또 용서하기가 어디 그리 쉬운 일인가?

'용서의 언덕'을 오르는 프란체스카

나도 한때는 결코 용서할 수 없는 사람과, 용서할 수 없는 마음 때문에 무척 괴로워했다. 그러나 예수님이 나를 위해 죽으셨다는 사실만으로도, 나는 이미 사랑의 빚을 진 사람이었다. 그런 내가 용서할 수 없다면 결국 내 인생에 남겨질 부채가 아니겠는가! 내가 할 수 없는 용서는 그분에게 맡기고 이제 적당히 비워낸 쉰넷의 인생이다. "잘하고 있어!"라며 나 자신을 토닥여 주고 싶다.

많은 사람이 순례자의 철제조형물 때문이 아니라 뻬르돈 곧 '용서'라는 말 때문에 이곳에 잠시 머물러 생각을 정리하고 가는 언덕이다.

유명희 포토그래퍼가 기념사진을 찍어 주었다. 추억에 남는 재미있는 사진을 남길 요량으로 힘껏 공중으로 뛰어올랐지만 마음만 펄펄

순례자의 철제조형물이 있는 뻬르돈

나는 20代일 뿐, 영락없는 아줌마의 무거운 몸이 어디로 갈까나, 딱 한 뼘 하늘로 솟아오르는가 싶더니 무겁게 떨어지고 만다. 누군가에게는 웃음을 주고 다리가 짧아 안타까운 여인이 되고 말았다.

우떼르가Uterga와 오바노스Óbanos 방향으로 용서의 언덕을 내려가야 하는데 내리막에서 주춤주춤, 도대체 어디에 발을 디뎌야 한단 말인 가! 온통 자갈길이라 구르지 않으면 다행이다. 흙이 쓸려가고 남은 자 갈들이 쌓였다고 하기에는 애초부터 돌길인 모양이다. 자칫하면 발을 접지를 것 같아 조마조마한 마음으로 내딛는 순간,

"Be careful!"

뒤따라 내려오던 순례자들의 말에 흠칫 놀랐다. 가파른 내리막길을 잔뜩 움츠려 엉거주춤 내려가는 걸 보고 위태하게 보였던 것이다.

"무챠스 그라씨아스"

등산용 스틱을 딛고 택견 동작을 흉내 내어 너울너울 가파른 언덕 을 내려오는데 제법 효과가 있었다. 좀 우스꽝스러운 모양새지만 다 음 내리막길에서도 이 방법을 써 봐야겠다. 흔들흔들 택견 흉내를 내 다 선무당이 사람을 잡는 꼴이 나지 않을지 모르겠다. 스틱이 불필요 하다는 사람도 있었지만 있어서 나쁠 건 없겠다 싶은 마음에 생장피 에드포르 순례자 사무실 앞에서 샀던 한쌍의 스틱 덕분에 훨씬 수월 하다.

'민중과 나라를 위한 자유'라는 슬로건으로 나바라의 귀족들이 모였 다던 오바노스 마을이다. 중세의 분위기를 물씬 풍기고 있어서 역사

종교적으로 흥미로운 마을이지만 신고딕양식의 세례자 요한교회를 에두르는 길로 뿌엔떼 라 레이나를 향한 걸음을 재촉했다. 순례길 초반이라 까미노의 역사나 문화에 대한 관심보다는 오로지 안전하게 걸어갈 수 있는 체력 안배에 최우선을 두고 걷느라 아쉬움이 많다.

뿌엔떼 라 레이나Puente la Reina에는 마을 입구에서 사람들을 맞아주는 순례자상이 있어서 정겨움이 더해졌다. 빠드레스 레빠라도레스 Padres Reparadores 알베르게의 문이 열리기 전, 먼저 도착한 순례자들은 12세기 템플기사단에 의해 세워진 초원의 성모 마리아교회를 찾았다. 14세기 이후 템플기사단이 해체된 뒤, 몇 차례 이름이 바뀌어 오다 지금의 예수 수난교회로 불리고 있다. 순례의 길에서 만나는 마을과 도

신고딕양식의 세례자 요한교회

시에 대한 공부를 하고 왔더라면 많은 볼거리를 깊게 감상하고 느끼지 않았을까, 하는 아쉬움이 여전히 남는다. 마을 끝에는 11세기 아르가강을 건너는 순례자를 위해 세워진 다리가 있다. 그 당시 가난한 순례자들이 지불해야 할 비싼 뱃삯을 없애 주기 위해 레이나 왕비, 곧 나바라왕국 산초대왕 3세의 왕비가 후원하여 세웠다는 유래를 따랐다. 이후 본래의 이름 아르가Arga 대신 '뿌엔떼 라 레이나'라는 이름으로 불리고 있다. 6개의 교각으로 이뤄진 로마네스크양식의 왕비의 다리는 마을을 빠져나가는 출구에 있다. 날씨가 맑고 좋은날이면, 왕비의 다리에서 바라보는 석양의 경치가 매우 아름답기로 유명하여 뿌엔떼 라 레이나의 풍경사진 한 장 찍지 않은 순례자가 없을 정도이다.

순례의 길 나흘째, 마을 이름을 대충 영어식으로 읽는다고 해도 여행하는데 불편이 없지만 꼬박 한 달을 머물게 될 스페인에 대해 별로 아는 게 없다. 머리는 비우고 배낭만 채워온 무지한 내가 그나마 무탈하게 사람들을 만나고 잘 걷고 있는 것을 위안 삼지만, 틈틈이 스마트폰으로나마 까미노에 대해 공부를 좀 해둬야겠다. 탈없이 잘 걷는 일에만 열중하다 이제야 조금 마음의 여유와 적응력이 생겨 까미노 주변에 대한 관심과 바라보는 시선이 넓어지고 있다.

홍 선생 일행과 한국 청년들도 알베르게에 짐을 풀었다. 낯익은 사람들을 다시 만나게 되어 반가운 날이다. 드디어 하늘을 뒤덮고 있던 회색구름이 거짓말처럼 걷히고 쨍하게 개었다. 이제 왕비의 다리를 만나러 슬슬 산책이나 가볼까!

맛있는 빵과 포도주가 순례자를 기다린다.

Puente la Reina - Estella 22km

5일째
이른 아침 알베르게를 떠나기 전 바셀린을 꼼꼼하게 바른다. 발가락에 잡힌 물집 때문에 등산화를 신거나 발이 땅에 닿을 때마다 으윽! 신음소리가 저절로 터지던 발의 통증도 30분만 참고 걷다 보면 서서히 고통을 잊을 수 있다. 육체의 고통을 이겨내는 인간의 정신력이 놀랍기만 하다.

나바라의 상징, 까미노의 도시 뿌엔떼 라 레이나를 떠나서 에스떼야Estella로 가는 까미노에 황금 밀밭과 초록의 포도밭이 완만한 곡선을 이루고 있어 풍만한 여인의 자태를 연상시킨다.

풍요로운 대지의 풍경의 경이로움에 감탄을 하다가도 마녜루Maneru에서 시라우끼Cirauqui로 가는 길은 나무 한 그루 없는 들판을 걷느라 사막에 홀로 있는 것 같은 고독이다. 살갗이 타들어갈듯 따가운 햇볕, 까미노에서 머리 위에 있는 태양은 언제 쯤이면 익숙해질까? 아주 잠깐 머리 위를 지나가는 구름조차 위로가 될 정도이다.

한국의 여름이 무더운 날씨라고 하면 까미노의 여름은 미친 듯이 뜨겁다가 그늘에 가면 상쾌함이 지나쳐 냉기가 돈다. 땀을 흘린 뒤 체온의 변화가 주는 냉기와 건조한 날씨 덕분에, 햇볕만 피하면 견뎌진다. 더위에 대한 극기 훈련을 받기나 하듯 까미노의 여름은 뜨거움과 시원함의 극치를 맛볼 수 있다.

마침 작은 개울이 있는 나무 그늘을 찾았다. 등산화와 양말을 냉큼 벗었다. 지열에 한껏 달궈진 발은 허옇게 부르트고 욱신욱신 아프다. 신발을 벗었다가 다시 신는 일도 여간 고통스러운 게 아니다. 일정한 거리를 걷고 나면 신발을 벗어서, 발에게도 쉼을 주고 열이 빠져나가게 해야 한다. 남보다 발이 여간 강한 사람이 아니고서는 이글거리는 태양과 달아오른 지열에 발이 온전하기가 어렵다. 정오가 가까워지자 머리 위의 해가 그늘을 치워내고 있다. 졸졸 흐르는 개울물에 발을 적시고 쉬어 갈 수 있음이 큰 위안이 되는 신기한 순례의 길, 까미노다.

"마리안, 너는 어떤 계기로 이곳에 오게 되었니?"

산띠아고를 가는 이유에 대해서 순례자 친구들이 나에게 물었다. 여느 순례자들은 파울로 코엘료의 『순례자』를 읽고 까미노에 대한 계획을 세웠다고 하는데, 나는 예수님의 제자 야고보가 갈리시아지방을 순례한 이야기를 들었다. 예루살렘으로 돌아가자마자, 헤롯 아그리파에게 참수형을 당했다는 이야기를 듣고 크리스천으로써 오랫동안 가슴이 먹먹했다. 마을과 마을을 거쳐 걸어갔던 야고보는 무엇을 생각했고, 무엇을 전했을까? 이런 생각 속에서 나에게 기회가 온다면, 까미노 데 산띠아고로 불리는 순례의 길을 걸어야겠다고 생각했다.

그로부터 얼마 지나지 않아, 세월호가 바다에 침몰하고 있다는 뉴스를 들었을 때는, 그토록 큰일이 아닌 줄 알았다. 국민 소득 3만 달러의 시대를 내다보는, 경제력을 자랑하는 대한민국에서 배 하나쯤 너끈히 건져낼 줄 알았으니까……

웃으면서 집을 나선 가족들과 수학여행을 가는 기대에 들떠 집을 나섰던 천진난만한 고등학생들이 대다수였다. 세월호가 대책 없이 바다로 침몰하고 그 장면이 생중계되는 동안 발만 동동 구를 뿐, 속수무책으로 TV 화면만 바라봐야 했던 수많은 국민들과 세월호 가족들. 최악의 참담한 상황에 무슨 말로 그 가족들에게 위로를 할 수 있다는 말인가. 기껏해야 할 수 있는 일이 기도뿐이라니! 기도밖에 할 게 없는 내 자신. 그들에게 작은 위로가 된다면 8백 킬로미터의 산띠아고로 가는 까미노에서 기도하며 걸어가리라, 생각을 했고 피니스떼레 철탑 위에 세월호의 노란리본을 달고 오겠다는 다짐을 했다. 때마침 맡고 있던 직책의 임기도 만료되는 시점이라 홀가분한 마음으로 여행을 감행할 수 있었다. 무슨 일이 있어도 두 발로 걸어서 산띠아고에 가리라.
"아픈 발가락들아, 힘을 내어다오. 조금만!……"

　늦게 도착한 에스떼야의 오스삐딸 데 뻬레그리노스의 별관은 옹색
하기 짝이 없었다. 침침한 조명 아래 눅눅함이 고스란히 느껴지는 침
대 매트에 침낭을 깔고 짐을 풀었다. 비를 맞고 진흙길을 걸어온 등산
화는 까미노 닷새 만에 추레한 행색의 나를 닮아있었다. 순례자들이
벗어 놓은 등산화의 초췌한 몰골과 땀 냄새로 얼룩진 역겨움이 도리
어 측은하기까지 한 것은 까미노의 순례자들만의 동병상련의 마음이
기 때문이다. 세탁한 옷은 비를 피해 처마 밑에 널어두고 낮잠을 잔다.
지친 몸을 추스르고 내일을 위한 낮잠은 순례자에게 꼭 필요하다.

구스따보 데 마에추미술관으로 사용 중인 나바라 왕궁이 보인다

낮잠에서 깨어나니 이른 저녁 식사를 준비하느라 알베르게 주방에는 낯익은 얼굴과 새로운 얼굴들이 합류해 있었다. 한국인들이 좋아하는 삼겹살과 과일까지 준비되어 있다. 바라만 보아도 탐스러운 집밥이다. 에스떼야 알베르게의 식탁은 한국순례자들의 웃음소리로 넘쳤다. 다른 순례자들이 주방이 비워지길 기다리며 오갔다.

오랜 시간이 걸리는 한국식 요리에 풍성한 저녁을 즐기는 동안 다른 순례자들에게 폐를 끼칠 수 있다는 사실을 잠시 잊고 있었다. 알베르게에서 주방 사용은 짧게 하고, 뒷정리는 깔끔하게 정리해야 하는 일이 암묵적인 에티켓인데 민폐를 끼친 것 같아 민망하다.

비가 추적추적 계속 내리고 있다. 까미노의 날씨는 해가 뜨지 않는한 여름 날씨라고 해도 무척 춥다. 거리에서 만나는 주민들의 옷차림

에스떼야교회

이 두터운 스웨터와 가디건을 걸치는 차림새가 자연스러워 보이는 것은 여름 옷만을 고집할 수 없는 독특한 날씨 때문이다. 경량오리털 재킷을 걸쳐 입고 에스떼야를 돌아보기 위해 알베르게를 나섰다.

에스떼야 도시 입구에서 만나게 되는 고딕양식의 성묘교회Iglesia del Santo Sepulcro와 구스따보 데 마에추 미술관으로 사용 중인 나바라왕궁을 비롯하여 대천사 미카엘교회 등 다수의 유서 깊은 교회들이 있어서 고풍스러운 중세의 분위기를 맛볼 수 있는 도시다. 날씨가 좋은 날에 유적 등을 세세하게 돌아볼 수 있다면, 북쪽의 똘레도Toledo라고 불리는 이 도시의 아름다운 진면목을 보았을 것인데 무척 아쉽다.

비 오는 날의 커피 한 잔이 주는 유혹은 어쩔 수 없어서, 고즈넉한 카페의 주민들 틈바구니에 끼어 앉아 에스프레소의 호화로운 맛을 즐기고 있다.

오늘은 알베르게에서 맛본 스페인의 감자, 그 맛에 반해 버린 날이다. 감자를 무척이나 싫어했던 그동안의 내 식성과 감자가 맛없게 느껴졌던 우리나라 토지의 감자는 무엇이었더란 말인가? 알베르게에서 먹은 감자의 향긋한 맛은 어디에서도 맛본 적이 없었다. 어느 날 문득 스페인의 감자 맛을 잊지 못해 다시 까미노에 찾아오지 않으려나 모르겠다. 에스떼야의 밤은 자장가처럼 내리는 빗속에 깊어간다.

마음껏 마셔라. 취하지만 말고!

Estella - Los Arcos 22km

6일째

드넓게 펼쳐진 초록의 밀밭에 점묘해 놓은 듯, 붉게 핀 양귀비꽃들이 까미노의 아침을 환상적으로 만들어냈다. 자연이 만들어 놓은 거대한 그림 속으로 빨려 들어가는 듯한 착각에 빠져들 정도로 순례자의 마음을 빼앗아버린 오묘한 풍경을 어찌 말로 표현할 수 있을까! 화가였다면 화폭에라도 담을 수 있었으련만, 감탄사만 터뜨리기에는 무척이나 아름답고 소중한 풍경이다.

보데가스 이라체Bodegas Irache 수도원을 지나가는 까미노 순례자들의 소박한 로망 중 빠뜨리고 지나갈 수 없는 장소가 포도주 샘이다. 조개껍데기를 잔으로 삼아 뿌엔떼 델 비노Puente del Vino에서 와인을 맛보거나 물통에 담아 가기도 하는데, 간혹 포도주를 지나치게 사랑하는(?) 사람들 덕분에 일찌감치 포도주 수도꼭지가 마르기도 한다.

이곳은 순례자가 기념사진 찍기에 좋은 곳이기도 하다. 4개의 재미있는 안내문이 있어 하나를 소개해 본다. *'If you want to go to Santiago with strength and vitality, of this great wine have a drink and toast to happiness.'*

등산화를 신어도 불편한 자갈길을, 샌들 차림으로 경중경중 앞서

갔던 키 큰 남자가 저만치 경사진 길을 오르고 있다. 앞의 남자가 걸어 올라간 반대편 오른쪽 길에는 왼쪽 방향을 가리키는 까미노의 노란화살표가 큼직하게 있었는데 말이다.

"헬로우! 헬로우!"

큰소리로 부르자 남자가 흘끔 뒤를 돌아본다. 손짓을 보고 되돌아와 씩! 웃고는 휘적휘적 걸어 올라간다. 까미노가 완만하게 야트막한 산으로 이어진 길에서 또다시 엉뚱한 길로 가고 있는 남자를 불러 바른 길을 일러줬다. 분명 나보다 더한 길치일 것이다. "저 친구를 따라 갔다가는 낭패를 보겠구나"싶어 나름 신중하게 노란화살표를 살피면서 걸었는데 아무 생각 없이 남자의 뒤꽁무니를 졸졸 따라가고 있는 나는 어찌된 일인가! 크헉!~

보데가스 이라체 수도원의 포도주 샘

산등성이에 서 있는 그 남자가 난감한 표정으로 지도를 들여다보고 있다. 좌우를 둘러봐도 노란화살표는 보이지 않는다. 노란화살표를 찾을 수 없다면, 왔던 길로 되돌아가야 한다. 둘 다 말없이 내리막길을 따라갔다. 화살표 모양으로 포개어 놓은 풀숲의 작은 돌 몇 개를 발견했다. 아마 길을 잘못 들어섰던 순례자가 자신처럼 길을 잃고 뒤따라올 순례자를 위해 까미노 표식을 남기고 갔을 것이다.

"메시 부끄!"
길 잃은 동무가 된 남자는 파리에서 온 리드버크다. 샌들을 신고 자갈길을 걷기에 힘들지 않느냐고 묻자, 피레네산맥을 넘어 올 때 비를 맞고 엄청 고생했단다. 그때 생긴 물집과 발목 통증으로 당분간 등산화를 신기에는 무리라는 것이다. 들판의 평탄해 보이는 길도 자잘한 돌멩이가 깔린 너덜길이라서 샌들로는 힘들 텐데 내색을 하지 않으니 알 수가 없다.

"자갈이 샌들 안으로 자꾸 들어와 그때마다 빼내야 하지만 그나마 샌들 덕분에 걸을 수 있는 게 어디냐"며 천진난만하게 웃었다.
프랑스 대학에서 수학을 가르친다는 그의 이름은 발음하기가 어려웠다. 리드버크라는 이름도 정확한 발음이 아니었다. 그는 걷는 내내 자신의 이름을 제대로 부를 수 있도록, 발음을 교정해 주려고 애를 썼지만 끝내 프랑스 발음을 제대로 못해서 리드버크라고 불러야 했다.
마을에 들어서자마자 식료품을 파는 작은 가게를 찾아갔다. 2킬로그램의 체리를 사 들고 나오자, 나의 손에 들린 커다란 체리봉지를 본 리드버크의 눈이 휘둥그레진다.

"마리안, 체리를 왜 이렇게 많이 샀어요?"

자신이 고른 과일 주스를 따라주며 주스는 해갈과 피로회복에 체리보다 훨씬 나을 것이라며 권했지만 체리는 까미노 내내 간식이자 에너지를 공급해 주는 양식이 되어 주었다. 육식이 부담스러운 식성인데 고기를 먹어야 잘 견딜 수 있다는 말에 고기를 먹은 다음날이면 어김없이 컨디션이 나빴다. 나름대로 잘 걷고 있는 것은 부족한 칼로리를 보충해주는 체리와 과일 덕분이 아닐까 싶다. 그가 먼저 일어났다.

"부에나 수에르떼, 리드버크"

까미노에서 만난 서양의 순례자들은 대체적으로 세 가지의 질문을 한다. 그중에 하나가 "당신들은 왜? 빨리빨리 걷나요?"라는 것이다. 키가 크고 보폭이 넓은 서양인에 비해 상대적으로 체구가 작고 보폭이 좁은 동양인의 걸음걸이는 종종거리며 서두는 것처럼 보인다.

서양인의 뒤를 따라가다 보면 뭔지 모르게 그들에게서는 유유자적 자연을 음미하며 즐기는 순례자의 여유가 느껴진다. 하지만 그들이 한걸음을 내딛을 때, 동양인은 두 걸음을 내디뎌야 하는 신체적 차이에서 오는 느낌일 뿐이다. 이 질문은 자신이 바라보는 눈높이와 관점을 바꾸지 않으면 타인의 행동을 이해하기 쉽지 않음을 알게 해 준 에피소드이다.

까미노의 들판은 비가 내리면, 진흙길이 되고 만다. 비가 그친 이후에도 질퍽질퍽한 길이 되어 걷기에 고약한 길로 변한다.

까미노 초반 그날도 비는 여전히 추적추적 내렸다. 날카로운 티끌이 들어갔는지 복숭아뼈 부위에 끼어, 걸을 때마다 마찰이 일어나 점점 아프고 성가셨다. 좁은 바지통에 등산화끈을 단단히 여몄는데 도대체 어디서 날카로운 티끌이 들어왔는지 알 수가 없다. 주저앉기에도 마땅치 않은 진흙길에서 곤혹스러웠다. 고통을 주는 티끌에게 집중할수록 질퍽해진 길에 걸터앉을 바위 하나 없는 것과 계속 비를 뿌려대는 궂은 날씨가 야속해서 투덜거렸다. 티끌에 쓸린 부위의 피부가 찢긴 듯 통증이 더욱 심해졌다.

"티끌아, 너무 아파서 젖은 땅에 주저앉고 싶어. 나를 도와주면 좋겠어." 티끌에게 부탁을 했다. 나의 발에게도 '힘들어도 조금만 견뎌 달라고' 부탁을 했다. 그리고 의식적으로 걷는 일에만 집중했다. 얼마 지나지 않아 티끌이 빠져나갔는지 통증이 거짓말처럼 사라졌다. 놀라운 일이었다. 나의 경험을 듣고 누군가는 실소할지 모르겠지만 까미노에서 힘들고 고단할 때, 육체의 연약함에 무력해질 때마다 내 몸의 지체

들에게 힘을 내달라고 부탁을 하면 놀랍게 그때마다 몸이 반응을 했다. 매번 기이하고 감사한 일들로 가득한 어메이징한 까미노다.

내가 원하지 않아도 신발 속으로 들어와 고통을 주는 눈엣가시가 된 티끌의 존재가, 나의 가족이거나 이웃일 수도 있고 내 자신일 수도 있다. 세상에서 제일 힘든 일이 올바른 관계를 맺는 일이다. 그 불편한 상대방을 이해하고 품을 수 없다면, 있는 그대로 인정하자. 싫다고 외면하고 멀리 할수록 나를 아프게 하는 가시로 남아 있게 된다.

바르에 도착할 즈음 온몸이 땀으로 범벅되었다. 유난히 입 뻥긋도 하기 싫을 정도로 지쳐 있을 때는, 영어 대화가 안 되는 바르 주인에게 코인을 손바닥에 쥔 채 내밀면 필요한 만큼 알아서 가져가 준다. 까미노에서 스페인어든 영어든 신경 쓰느라 스트레스를 받을 필요가 없다. 걷기에도 힘든 까미노, 아프지 않고 더위에 몸을 적응시키는 일이 언어보다 더한 숙제다.

땀에 젖은 바지에서 코인을 꺼내는 사이 뒤따라 들어오던 Mr.존이 나의 커피값을 지불해 주었다. 그가 미소를 지었다. 맛있게 마시라는 의미일 것이다. 두 번째 까미노를 찾았다는 그와 세 번째 까미노를 걷는 그의 아들, 고등학교 2학년인 소년이 까미노를 해마다 걷는 일은 대단한 일이다. 10대 소년의 눈으로 바라보는 까미노는 어떤 모습일지 궁금하다. 텍사스에서 태어난 자신의 아들이 모국어를 모른 채, 미국인으로 동화되어 가는 현실이 안타깝다는 그도 아들 사랑이 여느 아버지 못지 않은 대만계 미국인이다.

"존, 그라씨아스!"

로스 아르꼬스Los Arcos 마리아교회 광장에는 이미 주민들과 순례를 마친 많은 사람들이 망중한을 즐기고 있었다. 까스띠야 문을 지나자 다리 건너편에 철제 대문의 이삭 공립 알베르게가 보인다. 한국에 대한 관심이 많은 오스삐딸레로들이 윗층과 아랫층을 오가며 친절하게 순례자들을 안내해 주었다. 이삭 알베르게에서는 순례자들이 남겨 놓은 물품들을 욕실에 눈에 띄게 진열을 해두어서 로숀 하나를 얻었다. 이렇듯 순례자들이 도네이션한 물건을 필요한 사람이 사용할 수 있는 것이 까미노에서 자연스러운 일이다. 까미노는 일상에서 길들여진 대로 할수가 없다. 무거우면 비우고 가는 길, 그 안에서 누군가 빈 배낭을 채울 수 있으니 이거야말로 심플 라이프이다.

로스 아르꼬스의 산따 마리아교회

샤워와 세탁을 마치자 동네 한 바퀴를 돌아보는 단순한 일상이 몸에 배기 시작한 나는 햇볕에 적당히 그을린 얼굴로 마을을 돌아본다. 이제야 순례자의 느긋함이 묻어난다. 유일한 자원이 사람밖에 없는 치열한 경쟁 속에서 소중함을 잃고 살아가는 대한민국의 현실을 생각하면, 부러워 하면 지는 것이라는데 자꾸만 부러운 눈으로 비옥한 이 땅을 바라보게 된다. 오늘도 나바라주의 광활한 대지가 준 기쁨과 위로는 잊지 못할 기억으로 남겨진다.

12시간을 걸어서 로그로뇨로

Los Arcos - Logroño 28km

7일째

또다시 아침이 밝았다. 홍 선생이 만들어 놓은 주먹밥을 넉살 좋게 받아들고 알베르게를 나섰다. 여름이라 하지만 이른 아침은 여전히 쌀쌀하다. 해가 뜨기까지 경량오리털 재킷을 입고 겉에는 얇은 바람막이를 걸쳐야 할 정도로 한기를 느낀다.

한국에서의 일상은 높은 건물과 자동차와 사람들과 뒤섞인 번잡함에 익숙해져 있다가 그곳을 벗어나 말없이 혼자 걸을 수 있는 지금 모든 것이 서툴러서 도리어 여백이 많은 까미노의 하루하루가 훨씬 평온함을 유지하기에 좋다.

"올라"

마주오던 동네 주민 아저씨와 인사를 한다. 까미노의 어디에서든 주민을 마주하게 되면 그들은 스스럼없다.

"부에나 수에르떼"

"신의 가호를!" 살가운 미소로 손을 흔들어 인사를 해 준다. 친절이라고 하면 일본인을 연상하게 되는데 스페인 사람들의 환한 미소의 친절은 진심으로 따뜻하다. 사람들의 여유와 미소는 스페인의 천혜의 자연환

이삭 알베르게

경이 만들어 준 선물이 아닐까 싶다. 까미노에서 주민들의 격려를 받을 때마다 왠지 모를 힘이 생긴다.

정오에 가까워질수록 태양은 무자비할 정도로 뜨거워지고 까미노의 순례자는 힘에 부쳐 헉헉대지만, 해가 뜨거워질수록 대지가 뿜어내는 향기 또한 더욱 강렬해진다. 햇빛에 반사되어 하얗게 눈이 부신 밀밭, 6월 까미노에서 우리의 가을 들녘을 느낄 수 있는 바람의 향기는 황홀하다. 까미노를 걸어보지 않고는 맛볼 수 없는 향기! 사람의 마음을 보듬어 안아주는 자연의 너그러움을 온몸과 영혼이 느끼는 신비로운 길이다.

포도밭이 이어지는 까미노는 산솔 마을을 지나고 있다. 이 마을은 산 소일로 수도원San Zoilo의 영지이다. 코르도바 출신의 순교자 산 소일로 성인에게서 유래한 것으로, 산 소일로 성인의 유해는 까리온 수도원에 안장되어 있다.

또레스 델 리오Torres del Rio에서 비교적 수월하게 오르락내리락 이어

지는 밀밭을 지나 비아나Viana로 가는 초입에서 노란화살표가 헷갈려 주춤거리다 뒤따라오던 발렌티노를 만났다. 그는 항상 커다란 카메라를 들고 있거나 사진을 찍으며 늘 혼자 걸었다. 몇 번인가 스쳐갔던 발렌티노의 웃는 얼굴은 처음이다. 그는 비아나로 가는 까미노 사인이 헷갈린다며 함께 걸어주었다. 무뚝뚝한 이탈리아노인 줄 알았는데 함께 사진을 찍자며 포즈까지 취해 준 발렌티노는 역사적인 볼거리가 많은 비아나에서 사진을 찍을 계획이라며 알베르게로 올라가는 이탈리안 순례자들을 뒤따라갔다. 그의 어깨에는 나로서 엄두를 낼 수 없이 무거워 보이는 커다란 카메라가 놓여 있다.

통영의 힐데가 지나가는 것을 놓칠까 봐 비아나 마을 초입의 바르 파라솔에 자리를 잡고 앉아, 그녀가 오기를 기다린다. 바르 주인이 건네준 또르띠아와 와인 한 잔으로 점심을 대신하고 있다.

내가 힐데를 기다리는 것은 로스 아르꼬스 알베르게에서 K가 찾아와 그녀를 부탁한 까닭이다.

"힐데와 잠시 걸었는데 아줌마의 건강 상태가 좋지 않아 보였어요. 마리안이 잠깐 동행하면 어떻겠어요?"

힘든 사람을 배려하는 K의 말이 기특해서 잠시나마 그녀의 안전을 챙기고 싶었다. 때로는 힘든 상황에도 타인의 간섭을 받고 싶지 않을 때가 있기에 조심스러운 마음은 떨칠 수가 없다.

이미 태양이 달아오른 한낮, 쉬는 시간이 너무 길어지고 있다. 까미노에서 오래 쉬기보다 짧게 쉬어 가는 것이 몸을 덜 지치게 하는 방법이다. 비아나의 알베르게로 올라가는 순례자들이 오늘따라 마냥 부럽다. 만약 그녀가 나보다 앞서 로그로뇨로 갔다면 마음 편하게 비아나에서 짐을 풀어야겠다고 생각할 즈음, 비아나의 언덕을 올라가고 있는 그녀를 발견했다. 풀어놓은 등산화끈을 동여맸다.

그녀와 나는 로그로뇨Logroño로 가는 출구를 찾지 못해 한참을 헤맸다. 주민의 도움으로 자동차 도로를 건너야 하는 까미노에 들어섰다. 10.8킬로미터를 더 걸어가야 하는 우리는 나무 그늘이 없는 들판을 걸었다. 자연은 사람의 마음을 부드럽게 만드는 마력이 있는가 보다. 그녀와는 알베르게에서 인사를 나누기만 했을 뿐인데, 아이들을 키우고 여자로서의 인생을 살아낸 고충을 이야기하느라 느릿느릿 얼마간을 뜨거운 햇볕에 걸었는지 모르겠다.

까스띠야왕국과 국경을 이룬 나바라왕국의 산초 7세가 세운 비아나 입구

울창한 소나무숲을 지날 무렵, 누군가 내 이름을 연신 부르는데 무척 귀에 익은 허스키한 목소리다.

"마리안! 마리안!"

뜻밖에 헬렌과 모나가 특유의 걸음걸이로 재빠르게 다가왔다. 론세스바예스 이후 그녀들을 만난 게 처음이라 더욱 반가웠다. 그녀들도 같은 마음인지, 땀범벅인 것을 아랑곳하지 않고 나의 목을 꽉 끌어안는다. 그렇잖아도 내내 에스더의 안부가 궁금했었는데 헬렌이 에스더의 근황을 알려주었다. 무릎 부상이 심한 상태여서 에스더는 결국 미국으로 돌아갔다는 것이다. 헬렌과 모나도 휴가 일정에 맞춰 로그로뇨에서 마쳐야 하는 짧은 여정을 아쉬워하며 울상을 지어 보인다. 런던으로 돌아가기 전, 로그로뇨의 바르에서 만날 수 있기를 바라며 헬렌 일행과 헤어졌다. 이 길 위에서는 누구나 친구가 될 수 있는 것이 까미노의 매력이자 선물이다.

"헬렌과 모나, 부엔 까미노!"

라 리오하지방이 시작되는 주도인 로그로뇨에 들어서면서부터는 포도의 주산지답게 드넓게 펼쳐진 초록빛 포도밭의 규모가 광활하다. 스페인 최고의 적포도주가 생산되는 라 리오하지방의 매력적인 경치다.

올리브밭을 지날 때, 힐데가 날더러 앞서 가라고 한다. 금방 오겠거니,하고 한참을 걷다가 뒤를 돌아보았다. 지금쯤 그녀가 뒤따라오고 있어야 할 만큼의 시간이 흘렀지만 그녀는 어디에서도 보이지 않는다. 순간적으로 놀란 나는 그녀를 기다리고 있어야 할지, 로그로뇨를 향해 가야 하는지 판단이 서지 않는다. 그녀를 찾아서 왔던 길로 거슬러 올라갔지만 여전히 그녀는 보이지 않고 내 몸의 상태가 아무 데나 주저앉고 싶은 지경이다. 피곤이 쓰나미처럼 밀려왔다.이미 늦은 오후라 다른 순례자들이 길에서 보이지 않으니 와락 무서움이 몰려온다. 로그로뇨를 향해 걸었다. 인기척을 느낀 개들이 무섭게 짖어대는 바람에 더욱 긴장이 감돈다. 그녀의 행방을 모른 채 혼자 로그로뇨를 갈 수가 없어 올라온 언덕을 다시 내려갔다. 비아나 입구에서 휘청이며 몸을 가누지 못했던 그녀. 도대체 그녀는 어디로 간 것일까? 한참을 우왕좌왕 헤매다가 뒤늦게 나타난 힐데를 만났다. 그녀의 늦어진 이유에 대해 우린 서로 아무 말도 하지 않았다.

허우적대는 지친 다리로 한 시간을 쉬지 않고 걷고서야 로그로뇨의 도시 초입 횡단보도에 이르렀다. 신호가 떨어지기를 기다리는데 완전히 지친 몸에도 불구하고 발밑의 이색적인 로그로뇨의 까미노 사인 하나에 정신이 번쩍 들었다. 에브로강을 가로지르는 돌로 세운 다리 뿌엔떼 데 삐에드라Puente de Piedra를 건넜다. 오른쪽으로 향한 노란화살표를 따라갔지만 공립 알베르게를 찾아 들어가는데 어려움이 있었다.

오전 7시에 이삭 알베르게를 출발하여 꼬박 열두 시간을 걸어서 힐데와 함께 알베르게에 간신히 도착했다. 누군가 오늘 일을

로그로뇨에 들어서다

묻는다 해도 대답 한마디 할수 없을 정
도로 허기가 지고 몸이 지쳐버리자 입
맛마저 잃어 밥도 먹을 수가 없다. 까
미노를 오늘처럼 매일 걸어야 한다고
엄포를 놓는다면, 산띠아고까지 갈 엄
두가 나지 않아 집으로 돌아가야 할 것
같다. 물집이 잡힌 발가락을 생각하지
못하고 구름도 없는 땡볕에 12시간을
걷는 무모한 짓을 했다. 까미노에서 동

행이 뭐 그리 어려운 일이 아니지만 결국 혼자 가야 하는 길이다. 노
란화살표를 따라 가면 길을 잃을 염려가 없고 또 도움이 필요하면 신
기하게도 순례자들이 말하는 까미노의 천사들이 나타나는 길이다. 힐
데가 자신을 돌아보기 위해 이곳을 찾아온 것이라면, 다른 사람의 의
도된 배려를 원하지 않을 것이기에 조심스럽다. 석양에야 알베르게에
도착한 우리를 기다려 준 순례자들의 배려에 감사하며…….

무식이 용감하여 생고생이다

Logroño - Nájera 31km

8일째

어제 오후, 런던으로 돌아가야 하는 헬렌과 모나에게 맥주 한 잔을
사겠다고 했던 계획은 로그로뇨에 늦게 도착하는 바람에 무위로 돌아

갔다. 물집 잡힌 발가락들이 완전히 벌겋게 덧이 나서 걸을 수가 없으니 외출은 생각조차 할 수가 없었다. 그녀들에게 작별 인사를 하지 못한 게 못내 아쉬움으로 남는다. 헬렌과 모나처럼 휴가에 맞춰 왔다가 다시 돌아와 남은 까미노의 구간을 쉽게 이어갈 수 있는 스페인과 인접한 순례자들이 부럽기만 하다.

서늘한 아침 공기를 마시며 알베르게를 나섰다. 청동조가비가 새겨진 길을 따라서 한 시간 반쯤, 숲을 지나 오르막길에 올라섰다. 순례자들이 빼곡하게 나무막대 십자가를 꽂아 놓은 철조망이 길게 이어졌다. 또다시 6킬로미터쯤 걸어 내려가자 싱그러운 초록의 포도밭이 끝없이 펼쳐진다.

광고판인지 모를 커다란 와인병과 순례자가 그려진 나바라떼로부

에브로강을 가로지르는 뿌엔떼 데 삐에드라

터 벤또사에 이르는 구간도 온통 포도밭이다. 곳곳에 있는 와인 저장고는 마치 난쟁이라도 살고 있을 법한 작은 움집 형태로, 동화 속의 장면을 상상하게 한다.

자연을 벗어나 자동차와 사람들로 북적이는 나헤라까지 포장도로를 따라 걷는 길이 무척 힘이 들었다. 나헤리야Najerilla 강을 가로지르는 다리를 건너 찾아간 곳은 사설 알베르게였다. 애써 발견한 알베르게였는데 어느 지점에서부터 인지, 앞서거니뒤서거니 하며 함께 걸었던 오 선생은 공립 알베르게를 찾아가야 한다는 것이다. 하룻밤 쉬어 가는 숙소가 어디인들 어떠랴마는 알베르게를 잘 알지 못하는 나는 오 선생이 찾는 알베르게로 가야 하는 줄 알고 뒤를 따랐다. 왼편으로 다리를 끼고 내려간 산띠아고 광장 바르에서 물어물어 찾아간 나헤라Nájera공립 알베르게 까미노에서 몇 안 되게 허름해서 난민수용소를 방불케 했다. 고생을 자처한 순례자라고는 하지만 다닥다닥 붙은 2층 침대는 최악의 풍경이다. 휴! 절로 한숨이 나온다.

론세스바예스 이후 몇 차례 비에 젖어 등산화가 변형된 것인지, 잘못된 걸음걸이 탓인지 물집이 쉬이 아물지 않고 벌겋다. 게다가 베드버그에 물린 알레르기로 극심한 가려움까지 겪고 있어서 몰골이 말이 아니다. 이런 와중에 9시간에 걸쳐 31킬로미터 장거리를 걸었다. 어제에 연이어 무리하게 오랜 시간 걸었으니 발가락이 온전할 리가 없다.

김 선생은 험하게 부르튼 내 발을 처치해 주겠다고 알베르게 마당 벤치까지 나와 소독한 바늘로 물집을 터뜨리고 항생제를 발라 야무지

게 싸매 주었다. 김 선생이 가지고 있던 두툼한 울양말과 항생제 연고까지 침낭 위에 던져주고 간다. 홍 선생은 오늘도 어김없이 한국순례자들에게 맛있는 것을 챙겨 먹이느라 옹색한 알베르게에서 까미노 주방장을 자청하고 있다.

나헤라 알베르게

무릉도원이 따로 없는 시루에냐 들녘
Nájera – Santo Domingo de la Calzada 21km

9일째

이른 아침 알베르게에서 올려다본 하늘은 잔뜩 흐렸지만 비는 내리지 않을 것 같다. 스카프를 두르고 바람막이 재킷을 입었어도 손이 시릴 만큼 싸늘한 한기를 느낀다. 한국은 때 이른 무더위가 시작된 데다 확산되고 있는 메르스 때문에 각 학교가 휴교조치를 고려할 정도로 뒤숭숭하다는 소식이다. 나는 태평하게 순례 여행의 에피소드와 어메이징 까미노 찬가(?)를 읊조리며 SNS를 장식하고 있으니 가족과 친구들에게 내심 미안한 아침이다.

아소프라Azofra에서 시루에냐Cirueña에 이르는 광활한 들판이 이어졌다. 초록 밀밭과 추수를 기다리는 황금 밀밭의 양귀비는 붉은 유화물

감을 흩뿌려 놓은 듯 촘촘히 피어 있다. 순례자의 눈을 현혹하는 풍경은 고혹적인 한폭의 그림이다. 저절로 탄성이 터져 나오게 만드는 까미노의 갤러리. 밀밭을 돌아 불어오는 바람의 향기가 감성을 자극하는 들녘, 자연의 순수한 기쁨을 잊고 살던 도시와 격이 다른 까미노야말로 무릉도원인 듯하다.

　무아지경에 빠져 밀밭 사이를 걸어가고 있을 때,
　"마음껏 누려라 너를 위해 준비한 잔칫상이란다."
　또다시 음성이 들려왔다.
　"예쁘야, 너도 참 애썼다!"
　순간, 눈물을 펑펑 쏟고 말았다. 대지에 스크린이 내려지고 살아온 인생의 파노라마가 펼쳐지는 느낌이다. 지금까지 나혼자 몸부림치며 살아온 인생인 줄 알았는데, 하나님의 두 발 위에 나를 올려놓으시고 나를 대신하여 걸어오신 것이다. 그분이 나와 함께 우셨고, 내 아픔도 더불어 아파하셨다. 하나님이 위태위태한 가정을 지켜내실 때, 내가 한 일은 인내하는 것이었다. 까미노에서 날마다 보태지고 있는 환희와 감동이 단순한 감성의 격동이 아니라, 하나님이 나에게 베푸시는 선물임을 알았다.

　"여호와는 나의 목자시니, 나에게 부족함이 없습니다. 그분이 나를 푸른 풀밭에 누이시고, 쉴 만한 물가로 인도하십니다. 내 영혼을 회복시키시고, 당신을 위해 의로운 길로 인도하십니다" 시편의 고백이 저절로 나왔다.

순례자의 포토존이 된 건초더미의 평원을 카메라에 담느라 프란체스카와 그녀의 친구 라파엘라가 풍경에 푹 빠져 있다.

"차오!"

베니스에서 온 소아과의사 프란체스카는 직업적인 눈썰미가 있어 내 발에 문제가 있다는 것을 금방 알아챘다.

"마리안, 괜찮니?"라며 묻는다.

나는 괜찮다며 어깨를 으쓱해 보였다.

"알베르게 도착하면 꼭 병원에 가도록 해. 산띠아고까지 가려면 몸의 통증을 가볍게 여겨서는 안 돼."

의사인 그녀의 조언대로 산또 도밍고에 도착하는 대로 병원을 찾아 진료부터 받아야 할 것 같다. 화농된 발가락에 등산화를 신을 수가 없

어서 힐데의 슬리퍼를 빌려 신고 거친 까미노를 걷고 있자니, 불현듯 샌들을 신고 힘들었을 리드버크가 생각난다.

산또 도밍고 데 라 깔사다로 가는 길은, 그림처럼 아름다운 들판 사이로 곧게 뻗었다가, 휘돌아가는 길이 평평하여 제법 수월한 까미노이다. 오늘도 순례자의 고단함을 알기나 한듯, 태양은 반나절이나 구름 속에 제 모습을 감춰 두었다. 노란화살표를 따라 찾아간 까사 델 산또Casa del Santo 알베르게에 짐을 풀고, 순례자의 일과가 그렇듯 샤워와 세탁을 마친 뒤, 시에스따 동안에 낮잠을 청했다. 슬리퍼를 신고 장시간 걸어서였을까? 여느 날보다 고단하게 느껴지는 몸은 깊은 잠에 빠져들었고, 긴 낮잠이 석양까지 이어지고 말았다. 아뿔싸! 낭패다.

낮잠에서 깨어났을 때는 모든 병원이 정상 진료를 마친 뒤라, 어쩔 수 없이 큰 병원 응급실을 찾아갔다. 금방 찾을 수 있을 것이라던 병원은 보이지 않고, 미술관으로 보이는 건물 앞을 한참이나 서성였다. 지나가는 주민이 알려주지 않았다면 병원을 눈앞에 두고 헤맸을 것이다.

데스크에 덩그마니 혼자 있던 직원이 여권을 받아 적었다. 큰 병원 응급실인데 직원도 없고, 대기 환자도 없어 우리네 전쟁터 같은 응급실과는 대조적이다. 한산한 대기실 의자에 앉자마자 빨간 입술에 복장도 불량한 간호사가 들어오라며 손짓을 한다. 모든 게 낯설어 얼떨떨하다. 간호사가 아픈 발가락을 소독하고 싸매는 동안 젊은 의사가 말했다.

"이틀 동안은 걷지 말고 샤워도 참아야 합니다."

까미노 알베르게의 숙박 원칙이 단 하룻밤인 줄 알고 있었기 때문에, 이틀을 쉬어야 할 숙소를 찾는 것과 까미노 일정 변경을 궁리하느라 머릿속이 복잡해지기 시작했다.

"난 그럴 수가 없어요. 내일도 걸어야 하거든요."

"그럼 하루에 10킬로미터씩만 걸어보도록 하세요"

가려움과 두드러기는 한시적인 알레르기 반응이라 약을 먹으면 좋아질 것이고, 발가락 염증은 걷지 않아야 빨리 낫기 때문에 이틀은 쉬어 가야 한다며 의사는 진료 내용을 구글번역기를 사용해 영어 문장을 볼 수 있도록 모니터를 돌려 설명을 했다.

응급실 치료라는 것이 살균솜으로 상처 부위를 닦고 방수패드 조각을 감아주는 것으로 진료는 아주 싱겁게 끝나버린 것에 비해 데스크에서 청구한 진료비는 118유로였다. 응급진료인 까닭에 비싼 진료비가 청구되었다. 평소에는 무용지물 같던 여행자보험이 이때처럼 고마울 데가 또 있었을까나?

산또 도밍고 성인의 흉상

리오하노 데 살루드 병원

창구 직원은 내가 스페인어를 알아듣지 못한다는 것을 눈치챘을 텐데 꿋꿋하게 진료비 청구서에 손가락을 짚어가며 설명을 이어갔다.

다음날 은행 문이 열리면 진료비는 가상계좌에 납부하면 된다는 것이다. 병원비를 은행에 내야 한다니 고개가 갸우뚱해진다. 그의 제스처를 제대로 알아듣기나 한 것인지 원. 어찌되었든 길을 물어 찾은 외부 약국에서 25유로의 처방약을 받았다. 응급실에서 치료를 받느라 유별을 떠는 순례여행이지만 뜻하지 않은 경험이 흥미롭기도 하고 한편 가족이 몹시 그리워진다.

평지를 걸을 때 등산화 대신 바꿔 신을 수 있는 샌들을 사기 위해 골목을 뒤졌지만 아웃도어 제품을 파는 곳은 없고, 중국인이 운영하는 BAZA에서 슬리퍼나 다름없는 샌들을 5유로에 샀다. 딱 하루 신고 나면 버려야 할 것 같이 조잡한 샌들이다. 결국 이 샌들은 다음날 오후 쓰레기통으로 직행했다. 막상 길을 걸을 때, 등산화 뿐 아니라 트레킹용 샌들이라든지 여분의 가벼운 신발을 챙겼어야 했지만 까미노에 대한 자료를 제대로 찾아보지 않고 왔다는 게 얼마나 무모한 것이었는지 순간순간 알게 된다. 그럼에도 불구하고 그럭저럭 아니 씩씩하고 탈없이 잘 걷고 있으니 이거야말로 신의 도우심이 아닌가 말이다.

마을 광장을 벗어나 까미노에 들어선 순례자들은 그제야 인사를 나누며 지팡이나 등산용 스틱을 사용한다. 순례자들이 마을을 빠져나오는 시간이 일러서 순례자들이 지나가는 주변의 주민들에게 방해를 주지 않기 위한 배려이다. 목 언저리로 차가운 한기가 파고든다. 머지않아 더위 타령을 할 것이면서도 오리털 재킷을 입는다.

108 나바라와 라 리오하지방

레데시야 델 까미노 가는 길

까미노의 첫 밥상을 차리다

Santo Domingo de la Calzada - Belorado 23km

10일째

8킬로미터쯤 걷다 만나는 드넓은 그라뇬Grañón까지 콧노래를 부를 만큼의 여유가 있었다.

들판에서 라 리오하와 까스띠야 이 레온Castilla y León의 경계를 알리는 생경한 표지판을 만났다. 순례자들이 이 표지판 앞에서 걸어왔던 까미노와 앞으로 거쳐 가며 만나게 될 도시와 마을을 확인한다. 이후 시작된 부르고스Burgos지방에서 첫 번째 만나는 마을이 레데시야 델 까미노Redecilla del Camino다. 끝없이 펼쳐진 광활한 들판은 어머니의 넓은 품처럼 풍성하고 눈부시게 아름다운 까미노가 펼쳐졌다.

산또 도밍고가 태어나 세례를 받았다는 빌로리아 데 리오하Viloria de Rioja마을을 지나가고 있다. 목동이었던 산또 도밍고는 수도사가 되고 싶었지만 가난한 형편 때문에 수도사가 되고 싶은 꿈을 이루지 못했다. 그러나 그는 수도사가 되는 대신 실천적인 삶을 통해 헌신적인 신앙인의 본을 몸소 보였다. 그는 순례자들을 위해 까미노에 다리를 놓아주고, 병원을 세우며 평생토록 순례자들을 위해 살았다. 성인의 반열에 오른 산또 도밍고는 스페인 사람들에게 존경과 사랑을 받는 최고의 성인이다.

내 앞을 걷고 있는 이탈리안 발렌티노의 온몸이 햇빛을 받아 하얗게 빛났다. 여름이 깊어질수록 태양은 순례자의 인내심을 시험할 것이다. 완만한 벨로라도Belorado까지 5.3킬로미터를 걷는 동안 그늘이 없는 까미노를 오르락내리락 비야마요르 델 리오Villamayor del Río를 거쳐 계속 걸어야 했다. 바르에서 잠시 쉬어가는 때가 아니면 순례자들은 자신만의 침묵 속에 걷는다.

다리를 절룩이며 걷는 사람, 무릎에 테이핑한 사람 등 순례의 길 열흘째, 멀쩡해 보이는 사람이 드문 지경이지만 순례자들은 요지부동 묵묵히 걸어갈 뿐이다. 무릎과 발목을 다친 순례자에 비하면 나의 고통은 별것도 아닌 것이다. 그렇게 말썽을 부리던 베드버그 알레르기

라 리오하와 까스띠야 이 레온의 경계를 알리는 이정표

와 발가락의 염증이 산또 도밍고 응급실 이후 거짓말처럼 수그러들고 있다.

　순례자의 하루하루가 똑같은 풍경 속을 지나는 것 같으나 까미노는 매일 새로운 세계를 열어주고 있다. 번화한 도시로부터 멀리 벗어나 있는 까미노를 걷고 있는 순례자는 행복하다. 꾸아뜨로 깐또네스 알베르게에 짐을 풀었다. 장보기에 기꺼이 나서 준 홍 선생 덕분에 순례자들이 머물고 있는 교회 알베르게의 식당을 이용해서 벨로라도에 도착한 분들과 함께 먹을 저녁 식사를 준비했다. 그동안은 홍 선생이 까미노에서 부엌일을 도맡다시피 하며 베풀어 준 애씀에 대한 보답이라고나 할까?

산또 도밍고가 세례 받은 승천교회

레푸히오 빠로끼알 데 벨로라도 알베르게

"타 알베르게에 머무는 순례자가 주방을 사용해서는 안 된다"는 오스뻬딸레나 할머니의 깐깐한 까탈스러움을 애교로 달래며 순례자들을 위해 차린 까미노에서의 첫 밥상이다.

알량한 어른 흉내는 그만

Belorado - Agés 27.8km

11일째

살그머니 일어나 어둠 속에서 길 떠날 채비를 한다. 매일 아침은 같은 일의 반복이다. 빠뜨린 물건은 없는지 침대 위아래를 손전등으로 확인하고 나면, 간단하게 아침을 먹고 알베르게를 나서는 일이다. 요사이에 이상기후 현상이 분명하다. 밤낮의 기온차가 심해 추위에 약한 나는 오늘도 오리털 재킷을 입는다. 알베르게를 나와 몇 킬로미터를 걸으면 체온이 오르게 되고 겉옷은 벗어서 배낭에 매달고 다니는 방법으로 몸의 컨디션을 조절한다. 산띠아고를 향해 가는 까미노에서 풍요로움을 온몸으로 느끼게 하는 대지는 날마다 나를 압도한다.

그러나 모든 대지가 비옥한 것만 아니다. 이곳에도 풍요를 누리는 마을이 있는가 하면, 쇠락한 마을을 지나갈 때는 애잔한 마음이 든다. 순례의 길에 잇닿은 마을 사람들에게 하나님의 위로와 평화가 깃들기를 진심으로 기도하며 걷는다.

추수할 때가 이른 밀밭이 희어지고 밀의 모가지가 'U'자로 휘어졌다. 바람이 불어도 모가지가 더 이상 들춰지지 않을 만큼 꺾이고, 누런 색마저 탈색되어 희어진 밀은 농부의 추수를 기다리고 있다. 순종은 나의 나 된 것과, 내 모양의 꼴이 사라져야 할 수 있는 겸손이다. 나의 자아가 죽고 그분 안에 있을 때에라야 온전히 순종할 수 있고 "죽어야 산다"라고 하신 말씀을 깨닫는다. 캄보디아 아웃리치에서 주님이 알게 해주신 '순종'의 의미와 같은 형상을 희어진 밀밭에서 보게 되니 진정한 순종의 의미를 되새김하게 된다.

또산또스Tosantos에서 조금 걷다 보면 멀리 하얀 건물, 12세기의 성모마리아교회가 보인다. 바위산을 파서 만든 교회인데 또산또스에서 하루를 묵어간다면 모를까, 지나가는 까미노에서 바위산에 있는 교회를 보기 위해 들어갔다가 나오기는 쉽지 않아 길에서 바라만 보며 계속 걷다 보니 비야프랑까 몬떼스 데 오까Villafranca Montes de Oca의 바르에 도착했다.

힐데가 뒤따라오자 K가 미간을 찌푸리며 그녀의 손을 낚아채어 바르로 쑥 들어가 버린다. 내가 힐데와 나란히 오지 않은 것을 탓하는 제스처였다. 어린 여학생의 무례한 태도가 민망하고 당혹스러워 K에게 "여행 잘하라"라는 메시지를 보내고는 서둘러 배낭을 멨다. 까미노에서 만난 중년의 한국인들을 배려하던 K의 마음을 선한 의도로 여겼지만 그녀의 태도는 황당한 일이다. 까미노는 그럴듯한 트레킹을 하거나 이곳을 다녀간 것을 자랑하기 위해 온 곳이 아니다. 자신을 반추하고 마주해야 하는 고독한 길이다.

빼곡한 소나무숲에 정작 쉴 곳이 없다. 이글거리는 태양은 한낮이 되어갈수록 인정사정없다. 소나무숲의 나무들도 지칠 대로 지친 듯 더운 김을 뿜어냈다. 개 한 마리와 함께 작은 트럭 좌판을 펼친 남자는 물건을 팔 생각은 하지 않고 땡볕 더위에 느긋하기만 하다. 물 한 병을 사야 하지 않을까 싶었지만, 언짢은 감정의 여진 탓인지 만사 귀찮은 심정으로 그냥 지나쳐버리고 말았다. 예정에 없는 구간을 걸을 때 쉬

바위에 지은 또산또스의 성모 마리아교회

어 갈 바르가 없다면 까미노는 여분의 먹거리와 물을 충분히 준비해야 한다. 불쾌한 기분이 누그러지지 않아 평정심을 잃고 아헤스까지 내달았다. 아침의 계획대로라면 산 후안 데 오르떼가San Juan de Ortega에 짐을 풀어야 했지만 한국인이 별로 없을 것 같은 아헤스Agés 까지 걸었다.

아헤스 공립 알베르게 리셉션에서 내가 배정받은 침대는 이미 서양 처자가 침낭을 펼쳐 놓고 짐을 풀어놓은 상태였다. 리셉션에서 침대를 중복 배정한 것이었다. 사람이 하는 일이라 착오가 생겼거니 했는데 아래층으로 내려온 처자는 지나칠 정도로 신경질을 내며 리셉션에 항의를 했다. 그녀도 고단하여 예민해졌는지 모를 일이다. 자신의 실수를 인정한 직원은 초과비용 없이 2층의 욕실 딸린 조용한 4인실로 안내해 주었다. 한낮의 땡볕 더위에 아헤스까지 내달린 꿀꿀한 나의 기분을 아는 듯 편히 쉬어 갈 수 있는 쾌적한 방을 얻게 되었다.

산 후안 데 오르떼가 알베르게

리셉션 직원은 나를 보면 '럭키 걸'이라며 너스레를 떨었다. 그녀의 업무 실수가 나에게는 작은 유익을 주었으니, 그녀의 말대로 나는 복이 많은 사람이다. 오르떼가를 패스하고 마실 물도 없이 달려와 한껏 지쳤다. 샤워가 끝나자 긴장이 풀려 침대에 그대로 쓰러지고 말았다.

인생은 노력만 하면 모든 것이 잘되는 것이 아니다. 때로는 힘을 다해도 실패와 좌절을 겪는가 하면, 큰 힘을 쓰지 않아도 술술 풀릴 때가 있다. 세상 일은 모르는 일도 많고 불가해한 것 투성이다. 꽉 막힌 인생의 골짜기를 만났다 싶으면, 마음부터 비우자. 제 아무리 용을 써도 사람의 힘으로 어찌 할 수 없는 인생의 어두운 터널을 지나갈 때는, 몸을 낮추고 자신의 마음을 다스려야 한다. 그렇지 않으면 몸과 마음의 건강을 모두 해치게 된다.

산 후안 데 오르떼가 소나무 숲길

살아보니 그렇더라. 자신이 힘들 때 다른 사람들만 모든 게 형통한 것처럼 보이지만 사람마다 예외 없이 자기 짐을 지고 인생의 춥고 어두운 골짜기를 어느 시점엔가 반드시 지나가게 되어 있다. 인생이 불공평하다고 불평하지 말자. 환경은 다르지만 인간의 삶은 누구에게나 공평하게 주어진 시간 여행일 뿐이다. 자연의 까미노는 인생의 여정과 거의 흡사하다. 산띠아고로 가는 길에서 자신이 살아온 인생을 되돌아보고 자신이 살아갈 미래를 설계할 수 있다면 이 순례의 여정은 값을 헤아릴 수 없는 귀중한 경험이 될 것이다.

순례자는 걷고 먹고 잠자고…… 아주 단순하다. 자신의 몸의 상태를 정확히 파악하고 욕심 없이 한 걸음 한 걸음씩 이 길을 걸을 뿐이다. 어떤 형태의 길을 만나든지 두 발로 걷는 일을 포기하지 않을 것이다.

부르고스 Bar의 안드레아
Agés - Burgos 23.7km

12일째

어둠이 채 가시지 않은 마을을 빠져나와 한참을 걸었을 즈음, 등 뒤로 붉게 솟아오른 태양이 다정하게 감싸 줄 때, 이 기분은 이른 아침에 길 떠나는 순례자들이 까미노에서 누리는 특권 중 하나일 것이다. 머잖아 뜨거운 태양을 야속해 하며 아우성칠지라도 지금 이 순간의 행복을 마음껏 누린다.

아헤스의 마을을 떠나 2.6킬로미터나 아스팔트길이 이어졌고 1백만 년 전의 인류라고 알려진 '호모 안테세소르'의 유적지가 있는 아따뿌에르까를 지나고 있다. 부르고스시에서 2001년 세운 초석에는 '이곳이 오래전 인류의 고향이며 네안데르탈인 이전의 인류로 유럽의 인류 중 가장 오래된 유적이 있는 곳'이라는 안내가 되어 있다. 진화론적 고고학에 관심이 있는 사람은 유적지를 돌아볼 겸 아따뿌에르까에서 하룻밤을 머물러 가는 것도 좋겠다.

아따뿌에르까Atapuerca에서 부르고스로 가기 위해 평탄한 길을 따라가다 두 갈래 길을 만나게 된다. 뒤따라오던 서양 순례자들은 왼쪽을 따라 내려갔다. 아헤스부터 함께 걷게 된 오 선생과 하릴없이 수다를 떠느라 아무런 생각 없이 직진했다. 서양 순례자들이 내려간 왼쪽 길은 아를란손강을 건너 까미노의 정취가 있지만 1킬로미터를 더 돌아

호모 안테세소르 유적지가 있는 아따뿌에르까

가야 하는 길이고, 직진을 하면 부르고스공항의 철조망을 끼고 계속 아스팔트길을 걸어가야 하는 길이다.

까미노에서 동행이 있을 때, 홀로 느끼고 생각해야 할 것을 놓치기 때문에 오 선생이 빠른 걸음걸이로 자신의 길을 갔으면 하고 내심 바랐지만 결국 부르고스까지 그와 함께 걸었다.

구름 한 점 없는 날씨에 아스팔트는 뜨거운 복사열을 뿜어댔다. 공항의 철조망까지 이어져 이 구간이야말로 영혼 없는 길의 극치를 이뤘다. 부르고스의 공장이 들어서 있는 신도시로의 진입은 달려오는 차량들을 살피면서 건너야 하는 위험한 지점이다. 산과 들을 마음껏 걷다가 후끈후끈 번잡한 도시에 들어서니 모든 게 정신이 없다. 까미노에서 처음 만나는 대도시 부르고스에서는 까미노 표시를 찾기가 쉽지 않다. 이곳이 신도시 초입이라서 까미노 출구는 시내를 관통해 반대편에 있을 것이기 때문에 족히 두 시간 거리를 걸어야 한다. 알베르게를 찾아갈 일이 까마득하다 보니 시내를 가로지르며 씽씽 오가는 버스마저 부러운 지경이다.

스마트폰 충전할 때는 만만한 장소가 패스트푸드점이라 맥도날드에 들렀다가 뜻밖에 윤상과 경미를 만났지 뭔가. 햐아! 깜놀이다. 한국 청년들과 조우하자 금방이라도 까무러칠 것 같던 몸과 마음이 절여진 배추 살아나듯 생기를 되찾는다. 만날 때마다 반가움이 더해가는 사랑스러운 청년들이다.

시내의 ATM기에서 일주일간 쓸 현금을 찾고 마트에 들러 세탁세제와 11유로인 니베아의 페이스크림도 샀다. 스페인의 니베아는 저렴한 가격에 품질도 무난하여 까미노에서 사용하기에 좋았다. 홀쪽해지고 가벼워진 배낭에 필요한 물품들을 채워 넣고 나니 다시금 묵직해졌다. 하지만 채워진 배낭으로 든든하다.

　부르고스 시내는 혼잡했다. 도시는 자연에서 얻는 감상이 없고 소란스러워 스트레스가 가중된다. 혼자였다면 가까운 오스딸을 찾아 일찌감치 쉬었을 것이다. 조금만 가면 알베르게라며 격려하는 오 선생의 배려를 뿌리치지 못해 짐을 풀고 싶은 마음을 다잡고 시내를 걸었다. 무니시빨을 물어도 사람들마다 제각각 다른 장소를 알려준다. 구글맵도 도움이 되지 않는다. 슬슬 짜증이 나고 애꿎게 무니시빨만을 찾는 오 선생과 헤어져 조용한 숙소를 찾기로 했다.

부르고스로 가는 갈림길

까미노 표시를 찾기 힘든 것은 아마도 신도심 쪽으로 진입한 탓일지도 모르겠다. 서양 순례자들도 알베르게 위치를 잘 알지 못했다. 그들을 따라 찾아간 알베르게에는 안면이 있는 스위스 아줌마와 오 선생이 접수를 기다리고 있었다. 조용히 쉴 수 있는 사설 알베르게로 생각하고 올라온 곳이 백개의 침상이 있는 무니시빨이라니, 숨이 턱 막혔다. 서둘러 밖으로 나오고 말았다.

금요일 오후, 태양이 내리꽂듯 작렬하는 산따 마리아 광장은 카니발을 즐길 태세인 관광객들과 사람들로 북적댔다. 도시에 진입하자마자 이미 기운을 쏙 뺀 상태라 정신까지 몽롱해져 온다. 광장의 레스토랑이 딸린 오뗄에 방을 잡아 놓고 의자에 털썩 앉았다. 오 선생과 걷는 길이 겹쳐질 때마다 이유 없이 불편했다. 그가 빠르게 걸어가지 않는 한 까미노에서 마주치는 것은 불가피했다.

"무얼 도와 드릴까요?"

웨이터가 커피잔을 내려놓으며 짐짓 걱정되는 낯빛으로 묻는다. 오뗄에 올라가지도 않고 배낭도 벗지 않은 채, 기진맥진 앉아 있는 모습이 그의 측은지심을 부추긴 것일까? 도움이 필요하다고 느꼈을지 모르겠다.

"부르고스를 떠나고 싶어요. 택시가 필요해요."

내 자신도 예상치 못한 말이 불쑥 입밖으로 튀어나오고 말았다. 일순간 부르고스에서 멀리 떨어진 곳으로 가야 한다는 생각이 들었다. 웨이터는 잠시 기다리라며 어딘가에 전화를 걸었다. 부르고스의 다음 마을이 어딘지 모르는 나로서는 어떤 계획도 세울 수가 없다.

웨이터는 첫 번째 마을까지 택시요금이 25유로면 충분하니 도움이 필요할 때 전화를 하라며, 레스토랑의 전화번호와 예상된 택시비를 적은 종이 쪽지를 건네 줬다. 택시가 레스토랑 앞에 당도하자 나는 그제야 그의 이름을 물었다. 순례의 길을 추억할 때마다 친절한 안드레아를 기억할 것이다. 차창밖의 안드레아가 손을 흔들었다.

"God bless you. Corea"

산따 마리아 광장 인근의 레스토랑이 있는 건물 회랑

메세따고원

평균 고도가 700m를 이루고 있는
메세따는 이베리아반도에 있는 거대한 내륙고원으로
평탄한 대지에 나무는 거의 없고, 끝없이 밀밭이 이어진다.
메세따와 잇닿아 있는 깐따브리아산맥으로 인하여
여름에는 매우 덥고 겨울에는 매서운 추위가 엄습하는
기후 특성을 가지고 있다.

부르고스를 떠나다

산따 마리아 광장을 벗어난 택시는 광활한 대지 메세따지방으로 들어섰다. 오르니요스 델 까미노Hornillos del Camino의 알베르게에 도착했다. 부르고스를 떠나면 당연히 알베르게가 있을 것이라고 생각한 마을에 세 군데의 알베르게가 있지만 빈방이 하나도 없다는 것이다. 이미 도착해 있던 안면이 있는 청년들은 영문을 모른 채 벤츠택시라며 신기하다 했지만, 패닉에 빠진 나는 어떻게 해야 할지 판단이 서지 않아 멍때리고 서 있다.

석양이 가까우니 아로요 산 볼Arroyo San Bol은 아주 작은 동네라서 알베르게에 빈방이 없을 것이었다. 온따나스Hontanas의 산따 브리지다 알베르게에 빈방이 있다는 말을 들은 택시기사는 다시금 평원을 달렸다. 온따나스의 산따 브리지다 알베르게에 도착했다. 그는 알베르게 주인에게 빈방이 있다는 것을 재차 확인하고서야 나를 내려주고 갔다. 부르고스 택시기사의 친절과 고마움에 감사를 드린다.

"부에나 수에르떼!"

알베르게가 문을 연 지, 5년 되었다는 산따 브리지다Santa Brigida의 시설은 까미노에서 보기 드물게 깨끗했다. 소수의 순례자들만 입실해 있어서인지 조용하여 쉬기에 안성맞춤이다. 빨래를 대충 널어 놓고 그대로 침대에 쓰러지고 말았다.

잠자고 있는 동안 옆자리에 짐을 푼 룸메이트는 청년 못지않은 근육질의 벨기에 아줌마다. 하루 1백 킬로미터씩 굴곡이 많은 까미노를 자전거로 달리는 분이다. 까미노에 라이더들이 많은 줄 알지만 60대

온따나스 공립 알베르게

아줌마라니 놀랍고 대단하다. 젊은 바이크라이더들 속에 연세 지긋한 분들도 종종 눈에 띄었는데 이곳에서 라이더 아줌마와 단둘이서 밤을 보내게 될 줄이야. 혼자 여행 중일 때 아쉬운 것이 기념사진이라며 알베르게 골목을 배경 삼아 그녀는 한사코 사진을 찍어 주었다. 사진 속의 벌겋게 달아오른 내 얼굴이 멘붕에 빠졌던 부르고스 일을 잊고 해처럼 빛나고 있다.

쉰살. 2012년은 내 인생이 깜깜한 무덤을 뚫고 나온 해였다. YWAM에서 독수리 제자훈련을 받을 때, 간사님들의 극진한 섬김을 받으면서 하나님이 주신 위로에 힘을 얻었다. 내 자신도 몰랐던 내면 깊숙한 곳의 상처들이 놀랍도록 빠르게 회복되고 있었다.

그해 여름 캄보디아 아웃리치에서 돌아와 미션을 수행했다는 기쁨도 잠시, 가을은 끔찍한 악몽으로 시작해서 새로운 인생으로 전환되는 놀라운 일이 전광석화처럼 내 삶을 관통하고 있었다. 남편과는 돌이킬 수 없는 회복불능의 상황을 맞이했다. 그동안 내 자신과의 싸움도 끝나고 두 아들도 건강해졌다. 이제 남은 것은 가정을 건강하게 세우는 것이 마지막 남은 과제라고 생각했는데, 더 이상 애써야 할 의미를 잃어버리자 분노가 아닌 깊은 상실감에 빠지고 말았다. 결혼생활을 포기하고 싶었다. 나를 고아처럼 버려두지 않겠다고 하신 하나님은 언제나 내가 겪는 시련 앞에서 몰인정하고 잔인할 정도로 냉정하셨다. 분노와 슬픔에 차서 그분께 고래고래 소리를 질러댔다.

"저는 이제 어찌합니까? 하나님 이 꼴을 보려고 참으라고 하신 것입니까?"

그분이 말씀하셨다.

"애야. 나는 너를 사랑해. 그런데 너의 남편도 사랑한단다."

뒤통수에 뭔가 쿵! 내리치는 것 같았다. 그럴 리가!

"하나님이 내 인생의 숙제인 남편을 사랑하시다니요? 나의 절망은 곧 하나님이 일하시는 기회라니요?!"

나 혼자만이 기를 쓰고 견딘 삶인 줄 알았는데 오랜 세월 상처투성이였던 나를 감당하느라 바닥난 인내심으로 지친 모습의 남편이 눈앞을 스치고 지나갔다.

"남편은 내가 세운 너의 머리다"라고 하신 말씀 앞에 저절로 무릎이

공사 중인 온따나스교회

꿇어진 순간이었다. 무엇으로도 설명할 수 없는 일이 이어졌다. 그분은 두 아들에게 주신 뜻을 이루시기 위해 가정이 화목하게 지켜지기를 원하셨다. 가정이 곧 거룩한 교회의 시작이기 때문이다.

하나님이 하시는 일은 사람이 도무지 이성으로 이해할 수 없는 영역이다. 감당할 수 없는 절망과 슬픔의 혼돈 속에서도 하나님께서 우리 안에 있는 쓰레기통을 뒤집어 엎어 대청소하고 계심을 알았다. 그분을 믿고 모든 것을 맡겨 드려야 함도 알았다. 또 다른 기다림이 시작되었다.

사람들이 나에게 물었다. "매일 걷고 또 걷는 까미노가 힘들지는 않는지, 어떻게 견디는 것인지" 비가 내리지 않는 한, 여름 대지 위를 최소 7시간 이상 걷는 일은 결코 만만치 않다. 땡볕을 걷다가 셀프 카메

온따나스의 산따 브리지다 사설 알베르게 앞에서

라를 하면 당장에 알 수 있다. 눈은 벌개지고 얼굴은 퉁퉁 부푼다. 발바닥은 불이 날듯 하다. 밤이 되면 발가락과 발바닥에서 올라온 열과 욱신거리는 통증 때문에 열을 빼기 위해 바셀린을 듬뿍 바른 채, 침낭 밖으로 발을 내놓고 자야만 했다. 순례의 길은 매일 4만보 정도를 뜨거운 햇볕 속에 걷는 육체의 고통은 있지만, 대자연 속에서 내 영혼이 누리는 기쁨은 육체의 고통을 초월하는 강력한 힘이다. 까미노는 내가 살아온 인생을 쏙 빼닮아서 더욱 사랑스럽고 애틋한 길이다. 몸의 고단함을 이겨내는 것은 나의 체력과 인내심만이 아니었다.

너무 힘들 때는 멀리 보지 말고 한걸음씩만

Hontanas - Itero de la Vega 21.4km

13일째

미송 냄새가 향긋한 침대와 조용한 분위기에서 숙면을 취할 수 있었던 지난 밤, 덕분에 한결 좋아진 컨디션으로 온따나스를 떠난다. 거울 속의 내 얼굴은 주근깨 투성이가 되었다. 강한 자외선에 주름과 주근깨라니 썩 반갑지 않다. "마리안, 제발 선크림을 사야 하느니라" 니베아크림 하나로 무방비 상태인 내 자신에게 매번 하는 말이다.

시편 23편은 까미노에서 나의 고백이 되었고 노래가 되었다.
"내가 죽음의 그림자가 드리운 골짜기를 지날 때라도 악한 것을 두려워하지 않는 이유는 주께서 나와 함께 계시기 때문입니다. 주의 지팡이와 막대기가 나를 지키시고 보호하십니다" 까미노에서 누리는 모든 감동은 그분이 베풀어 주신 위로와 담대함이었다.

동트는 마을을 뒤로 하고 농로와 신작로를 걸으며 사색할 수 있는 고요한 아침이다. 사람과 도시를 벗어나 자연 속에 있을 때 최상의 기쁨을 누린다. 자연과 교감하며 내면의 자신을 만나고, 하나님의 음성을 들으며 그분을 깊이 느낄 수 있는 까미노에서의 시간이다.

순례자들이 T자형 십자가를 상징하는 프랑스교단 소속의 산 안똔 수도원San Antón과 교회를 잇는 아치를 살펴보느라 진지하다. 까미노에서 만난 서양 순례자들 다수가 로마가톨릭이다. 그들에게 산띠아고로 가는 까미노는 신앙의 표현 중 하나로, 순례의 길을 자부심으로 여긴

프랑스교단 소속의 산 안똔 수도원의 아치. 알베르게는 왼쪽이다

다. 그런 유럽인들에게 한국은 아시아에 있는 불교국가 쯤으로 오해되고 있어 기독교 색채가 짙은 순례의 길에 한국인들이 많아지는 것을 의아해 했다.

"한국인들이 까미노를 찾는 이유는 무엇인가?"

조금 친숙해진 친구들은 이런 질문을 한다. 순례자의 길로 알려진 까미노를 찾는 이유는 뭘까? 종교적인 이유를 가진 사람이 있는가 하면 자신의 삶 속에서 꼭 한 번쯤 해 보고 싶은 여행으로, 버킷 리스트를 실행하기 위해 까미노 순례의 길에 나선 사람도 있을 것이라는 설명을 듣고서야 고개를 끄덕인다. 물론 나역시 각자 떠나온 의도를 어찌 알겠는가.

까스뜨로헤리스Castrojeriz까지 포플러 가로수가 있는 포장도로를 따

까스뜨로헤리스의 성벽과 까스띠요

라 걸었다. 아침햇 살을 받아 바람에 은빛으로 살랑대는 포플러 이파리들이 순례자의 마음을 평온하게 어루만져 준다. 교회에서 세요를 찍어 주는 할머니들이 커피와 음료를 준비해 두었다. 도나띠보의 기준을 몰라 두리번거리자 서양 처자들이 1유로를 꺼내어 보여 준다. 까미노에서 도네이션하는 숙소나 교회를 지나갈 때 마주하는 도나띠보로 불리는 도네이션 알베르게나 교회 또는 작지만 물건을 펼쳐 놓은 좌판은 공짜라는 뜻이 아니라 순례자가 성의껏 지불하는 후원의 의미를 가지고 있다.

저 멀리 바라보기만 해도 기함할 것 같은 940미터의 모스뗄라레스 Alto mostelares고개가 버티고 있다. 태양은 등 뒤에서 이글대는데 고개는

가파른 모스뗄라레스 고개

높고 가파르다. 까마득히 높은 고개의 탑을 보면 발이 떨어지지 않을 것 같이 아득하다. 그러나 그동안 살아오면서 무수히 많은 인생의 길을 걸어왔고 통과해 오지 않았던가. 아자, 이 정도 쯤이야! 걷다 보면 고갯마루에 올라설 것이다.

산띠아고를 향한 까미노는 결코 만만찮다. 생장피에드포르에서 시작한다면 8백 킬로미터를 걸어 산띠아고 대성당에 당도하는 길이다. 어느 날에는 평탄한 길을 걸어서 조금 수월하다 싶다가도 가파른 언덕을 올랐다, 내려가기를 반복하는 길에서는 컥 막히는 숨이 턱까지 찬다. 나무 한 그루 없는 메마른 길을 걷다가도 쉬어가는 쉼터를 만나기도 한다. 매일 만나는 까미노에 똑같은 길이 없다. 같은 무게의 고통도 없다. 희로애락이 교차하는 우리의 인생과 닮은 까미노이다.

어떤 길은 멀리 내다보고 걸어야 하고 어떤 길은 시선을 발부리에 두고 걸어야 한다. 등 뒤에서 따가운 화살이 내리꽂히는 것 같은 태양의 뜨거움을 애써 잊으며 한 걸음씩 등산화 앞부리만 쳐다보며 걸었다. 헉헉거리며 고갯마루에 올라서자 땀범벅이 된 순례자들은 너나할 것 없이 가파른 고갯길을 올라온 서로를 향해 격려의 박수를 쳤다. 언젠가 이 길을 다시 찾아올 수 있다면, 모스뗄라레스 고갯길에 심겨진 소나무의 묘목이 푸른숲을 이룬 길을 따라 올라가게 될 것이다.

모스뗄라레스 고개에서 메마르고 평평한 길을 따라 한 시간쯤 내려가다 쉼터를 만났다. 갈증과 땡볕에 시달린 몸이 그늘진 쉼터에서 쉬고 있자니 무엇 하나 부러울 것이 없다. 길을 떠나기 위해 물통을 가득 채운다.

부르고스지방과 빨렌시아지방의 경계가 되는 삐수에르가강Río Pisuerga에는 알폰소 6세가 까스띠야와 레온왕국의 통합을 기념하기 위해 세웠다는 로마네스크양식의 11개 아치가 받치고 있는 이떼로Puente de Itero 다리가 있는데 바이크 라이더들이 비디오 촬영을 하느라 번갈아 다리를 오르락내리락 사진을 찍기에 여념이 없다. 청춘의 그대들이 부럽다. 다리 사진 한 장을 찍자고 마땅한 곳을 찾다 보니 까미노에서 무거운 카메라를 휴대하고 사진을 찍어야 하는 사람들의 고생이 만만치 않음을 느낄 수 있다.

다리를 지나 오른쪽 길을 따라가면 빨렌시아가 시작되는 이떼로 데라 베가Itero de la Vega 경계석 앞에서 기념사진을 부탁한 이탈리안 덕분에 사진을 한 장 남겼다.

11개의 교각으로 세워진 이떼로다리

버드나무가 우거진 마을 초입의 뿌엔떼 피떼로Puente Fitero 사설 알베르게에 짐을 풀었다. 바르를 겸한 알베르게에는 나 말고 바르에 몇 사람의 지역 노인들 뿐이다. 세탁을 해서 마당에 널어둔 빨래는 순식간에 말라버렸다. 무지막지한 땡볕을 겁 없이 걸어온 걸 생각하니 아찔하기도 하다. 알베르게에서 한가로운 정오의 망중한을 즐기고 있다.

나헤라의 공립 알베르게에서 곪은 발가락을 본 사람들은 농담반 진담반으로 말했다. "성남댁이 머잖아 짐을 싸서 한국으로 돌아갈 것"이라고 걱정했지만 오랫동안 성이 나있던 발가락들이 아물고 까미노를 걷기에 적당하게 단련된 몸은 날아다닐 듯 가뿐해졌다.

낮이 제일 길다는 夏至. 엘리뇨 현상으로 한국은 찜통 날씨로 괴롭고 스페인의 까미노에도 비가 내리지 않는 한 폭염은 하루 종일 계속

이떼로 데 라 베가 마을 입구

될 것이다. 광활한 들판 한가운데를 가로지르며 제일 긴 낮의 태양을 이고 홀로 걷고 있다. 구름 한 점 없는 하늘은 높고 침묵이 전부인 평원을 걷는다.

까미노에서 '순례자의 배낭 무게는, 인생의 짐 무게'라고 하는 말이 있다. 내가 멘 배낭은 1리터의 물통과 과일 두 개를 넣으면 8킬로그램이다. 배낭이 익숙해져 걷는데 한결 수월하다. 만약을 대비해서 여분의 짐을 가졌던 사람들도 중도에 하나, 둘, 배낭을 비워냈다. 결국 비워야 한다는 것을 알게 된 뒤에야 최소한의 짐만 가지고도 유쾌하게 까미노를 걸을 수 있다는 것을 알게 된다.

무엇이 되었든 소유가 자신을 옥죄는 멍에가 된다면 기꺼이 내려놓아야 한다. 사람들은 노력해서 많은 것을 얻으면 추구하던 행복을 얻을 수 있다고 생각할 뿐 아니라 자신의 꿈을 이루고 난 뒤에 이타적이고 보람된 삶을 살게 되리라 생각한다. 하지만 결코 그런 꿈은 이뤄지

이떼로 데 라 베가의 심판의 기둥은 1966년 스페인 정부가 문화자산으로 선정한 문화재다.

지 않는다. 자신과 타인을 잘 돌보는 일은 나중이 아니라 일상 속에서 실현하지 않는 한, 잡을 수 없는 바람과 같아서 삶은 채우려고 애를 쓸수록 채워지지 않는다. 끝없이 목마른 길을 달려가고 난 뒤에야 많은 기회를 놓쳤다는 후회만 남는 게 인생이다. 오늘 누리고 있는 순간만이 자신의 소유임을 깨닫는 것이 지혜다.

夏至의 폭염에 듣는 개구리들의 합창

Itero de la Vega − Villarmentero de Campos 24.2km

14일째

보야디야 델 까미노 광장Boadilla del Camino 중앙에는 죄인에게 칼을 채워 묶어 두었던 7미터 높이의 심판의 기둥이 있다. 이떼로 데 베가에서 보았던 기둥이다. 이떼로 데 베가에 있던 심판의 기둥은 1966년 스페인 정부가 문화자산으로 선정한 문화재이다. 광장에 있는 기둥이 죄인들을 다루는데 사용되었다고는 상상할 수 없는 정교한 아름다움이 느껴진다.

개구리 울음소리를 들으며 까스띠야수로의 가로수길을 따라 걷는다. 보야디야 델 까미노에서 만나서 수로를 따라 동행하게 된 마샬이 스페인의 지명 읽는 법을 가르쳐주었다. 그동안 영어식으로 대충 읽고 다녔는데 마샬Marshall의 특강(?) 한 번에 스페인어의 간단한 철자의 규칙을 알게 되자, 거의 모든 지명을 읽을 수 있게 되었다. 마샬이 뛰어난 선생이거나 내가 똑똑한 학생이거나, 놀라운 일이다.

그는 로마가톨릭인 부모를 따라 교회에 다녔지만, 어릴 때와 달리 신에 대한 확신이 없어, 자신을 찾으러 까미노에 왔다는 네덜란드 대학생이다. 그는 키 큰사람이 그렇듯 보폭이 컸다. 그럼에도 더운 날씨에 나의 보폭에 맞춰 프로미스따fromista 까지 함께 걸었다.

밤새 맥주파티를 즐긴 룸메이트들의 코골이에 잠을 설쳐 감기몸살이 온 것 같다며, 약국에서 산 감기약을 들고 프로미스따 알베르게에 짐을 풀었다.

나는 계속 걷는다. 인정사정없이 내리쬐는 태양과 부르튼 발의 통증과 피곤이 몰려왔지만 우시에사강Ucieza을 건너서 센다Senda로 잘못 들어가는 바람에 알베르게가 없는 마을을 지나야 했다.

까미노에서 제일 아름답다는 보야디야 델 까미노의 심판의 기둥

가까스로 비야르멘떼로 데 깜뽀스에 도착했다. 정리를 마치고 바르에 앉아 뽀요Pollo와 와인 한 모금을 곁들이니 와락 졸음이 쏟아져, 꾸벅꾸벅 졸 태세이다. 마침 테라스에 있던 낯익은 청년들과 이탈리아의 처자가 손을 흔들며 반가워한다. 그녀는 라라소아냐 알베르게에서 본 나를 기억하고 있었다.

"가족들은 다들 어디로 갔나요?"라며 그녀가 물었다.

한국의 청년들과 함께 있는 나를 보았던 그녀 뿐만 아니라 많은 서양 순례자들은 우리들을 가족으로 알고 있었다. 그녀는 내가 혼자 여행 중이라는 사실에 더 깜짝 놀라는 것이다. 뭐 그게 놀랄 일인가? 홀로 순례하는 서양 아줌마들도 많은데 뭘.

프로미스따의 까날 데 까스띠야 갑문

어쨌거나, 그녀의 말대로 나는 어메이징한 마리안이다. 비야르멘떼로 데 깜뽀스Villarmentero de Campos 작은 마을에는 변변한 게 없다. 달랑 알베르게 하나 있지만 넓은 정원에는 해먹과 인디안 텐트가 있어 글램핑하며 묵어갈 수 있도록 독특하게 꾸며져 있다. 건물 안의 숙소는 나헤라 만큼이나 허름한데 아마네세르 알베르게Amanecer 곳곳에 흩어져 휴식을 취하는 사람들의 모습에는 평화가 깃들어 있다. 지치고 힘든 까미노에서의 몰골이 말이 아니지만 알베르게에서 휴식 중인 순례자들의 낯빛이 한결같이 해맑다. 까미노의 천사와 자연의 신비한 현상은 순례자가 산띠아고에 닿을 수 있도록 도와주는 힘이다. 문득 까미노에서 흩어진 윤상과 경미와 지영이 그리워지는 날이다.

스페인어를 가르쳐 준 네덜란드의 마샬

끝이 보이지 않는 길에서

Villarmentero de Campos - Calzadilla de la Cueza 27.2km

15일째

천둥번개와 함께 밤새 무섭게 내리던 비는 거짓말처럼 잦아들었다. 오스삐딸레로 루이스 아저씨의 식탁은 먹을 빵과 주스 그리고 과일 등이 푸짐하게 준비되어 있었다. 순례자들끼리 둘러앉아 눈인사를 나누고 치즈를 발라 빵 한입을 베어 먹어보지만 입안이 까칠하다. 이른 아침이라 식욕이 생기지 않아 주스 한 잔을 마시고 일어섰다. 두 시간쯤 걷다 만나는 바르에서 아침 식사를 하기로 한다. 어젯밤 '진도브리' 인사를 시작으로 폴란드 이야기를 들려 준 수녀님과 폴란드 일행이 먼저 일어나고 하나, 둘 알베르게를 빠져나갔다.

"부엔 까미노!"

아마네세르 알베르게를 나서는데 시커먼 큰 개 한 마리가 졸졸 따라오더니, 나보다 한 발자국 앞서가다 자꾸 뒤를 돌아본다. 혹시나 녀석이 알고 있는 사람이 뒤따라오고 있는 것은 아닐까 싶어서 뒤를 돌아보았지만 아무도 없다. 어제 오후 내 곁에 앉아 있던 개는 다른 녀석이었다. 이방의 순례자를 배웅이라도 하는듯 흘끔거리며 앞서가던 녀석은 마을이 끝나고 센다로 이어지는 밀밭에 이르러서야 멈춰 섰다. 녀석이 나를 배웅해 준 것이다. 가슴이 뭉클해져 오는 아침이다. 점점

멀어지는 녀석에게 소리쳐 인
사를 건넨다.

"고마워, 잘 지내라."

쌩쌩 내달리는 차들과 나란히
걷는 평야의 센다에 두 개씩 일
정하게 표지석이 세워져 있다.
하나 둘 셋…… 열넷…… 표지석은 끝이 보이지 않아 더 이상 숫자 세는
것을 포기했다. 순례자들은 보이지 않고 나 홀로 걷는 까미노에 다시
적막이 감돈다.

까리온 데 로스 꼰데스Carrión de los Condes를 알리는 건물벽의 순례자
그림이 제일 먼저 반겨 주었다. 프랑코장군 광장에서 프랑스의 시몬
아저씨 부부를 다시 만났다. 큰맘 먹고 시작한 순례의 길인데 아내의
무릎 부상 때문에 마음껏 걸을 수 없는 것과 다시는 순례의 길을 걸어
볼 기회가 오지 않을지 모른다며, 아내의 아픈 다리를 못내 안타까워
한다. 진통제 등을 사들고 약국을 나오는 아줌마에게 위로를 건네고
홀로 바르에서 휴식을 취한다.

중간에 쉴 쉼터와 샘이 없는 17.9킬로미터의 까미노. 길게 직진으로
뻗은 깔사디야까지 갈 수 있을지 자신할 수 없다. 이미 10킬로미터를
걸어오느라 소진된 체력을 생각하면 그늘도 없는 깔사디야 데 라 꾸
에사까지, 어떻게 가야 할지 고민이 계속된다.

까리온 데 로스 꼰데스 또는 프로미스따 마을에서 하룻밤을 묵고 이른 아침에 길을 떠나는 일정을 짜야만 했던 구간이다. 사전 정보가 없었던 탓에, 한낮의 태양을 지고 걸어가야 할 각오를 단단히 해야 한다. 동서남북으로 지평선 끝이 보이지 않는 메세따는 똑같은 풍경이 끝없이 이어지는 곳이다. 지루함에 졸음까지 오는 길이다. 많은 순례자들이 버스로 이동할 것을 추천하는 까미노이기도 하지만 어차피 두 발로 걷기로 작정한 일이라 마냥 걷는다.

여느 날보다 길고 먹먹하게 느껴지는 깔사디야 데 라 꾸에사로 가는 까미노에서 순례자들을 만날 수가 없다. 바르에 넘쳐나던 순례자들은 다 어디로 갔단 말인가? 오, 나의 까미노 친구들이여!

제아무리 평평한 길이라도 자갈길이 계속되기 때문에 경등산화를 신은 발바닥 앞부분의 뼈들이 자잘한 자갈 위를 반복해서 걷다 보면

프랑스의 시몬아저씨 부부

찌릿찌릿한 날카로운 통증을 주어 신경이 곤두설 정도로 몸살을 앓는다. 이 증상은 한국에 돌아와 오랫동안 지속되었다.

등산화를 벗어 던지고 그늘이 없으니 흙바닥에 털썩 주저앉았다. 어젯밤 내린 비로 후끈하게 올라오는 습도 높은 지열도 만만찮아 걷는 것이나 쉬는 것이 매한가지다.

물이 고인 곳에 작은새 두 마리가 날아와 앉았다. 생명이 있는 존재를 느낀다는 것이 얼마나 큰 위로인지 새삼 존재의 힘을 깨닫는다.

까리온에서부터 나를 앞질러 가던 두 명의 이탈리안 청년들은 새까만 점처럼 멀어져 갔다. 사람의 그림자도 없는 메세따Meseta에 바람처럼 나타났다가 "부엔 까미노"를 외치고 바람같이 사라지는 바이크 라이더 커플이 그나마 시원한 한줄기 바람이 되어 준다.

까리온 꼰데스의 산따 마리아 데 까미노교회 맞은편 시청

깔사디야 데 라 꾸에사 가는 길은 17.9킬로미터가 광활하게 직선으로 뻗어 있어 트레드밀에 올라서 4시간 반을 진력이 나도록 걸어야 하는 기분이다. 오늘 처음으로 말동무가 곁에 있어도 좋겠다고 생각할 만큼 지리멸렬하다. 함께할 사람이 없으니 더위에 지쳐 구름에게 말을 건넨다.

"바람아, 잠시만 불어다오!"

하늘은 왜 저리 높은 것인가.

"구름아, 잠시만이라도 내 머리 위를 지나가다오!"

이때, 저 멀리 높이 있던 구름이 비행선처럼 내 머리 위를 휘리릭 날아간다. 더위를 먹어 헛것을 본 것이 아니다. 이후로 몇 번이고 주문을 (?) 통해 구름이 머리 위를 날아갔다. 우연이라고?!

배낭도 벗고 맨발로 털썩 주저앉았다

"그대여, 까미노에 가거든 시도해 보라"

아주 재미있는 경험을 하고 있다. 메세따에 마을이 있다는 것조차 잊을 만큼 까마득히 먼 길을 혼자 걸었다. 나지막하게 경사진 길에 올라서자 마을이 보인다. 17킬로미터를 걸어 드디어 마을을 만났다.

작은 알베르게에 순례자들이 많지 않고 깨끗한 침대가 있으니 마음이 흡족하다. 세탁을 마치고 동네 산책을 나섰지만 까미노 출구와 바르로 향하는 길이 헷갈릴 정도로 좁은 골목에는 노란화살표가 어지럽게 표시되어 있다. 작고 고요한 마을에 더 이상 갈 곳이 없다.

오늘 같은 날은 몸을 생각해서 일부러라도 고기를 먹어 둬야 할 것 같아 주문한 스테이크인데 파리들이 달려들자, 없던 식욕마저 뚝 떨어져 포크를 내려놓고 바르를 나서다 벨기에 아줌마를 만났다.

깔사디야로 오는 길에서 도통 사람을 볼 수가 없었다. 그러다 굴곡이 있는 지점에서 뚝 떨어진 듯 눈앞에 신기루처럼 나타난 그녀가 말을 걸어오자 혼자가 아니라는 안도감에 얼마나 감사했던지, 특히 나에게 17.9킬로미터를 기억하게 될 사진까지 자진해서 찍어 준 벨기에 아줌마를 다시 만나자 반가운 마음이 환한 미소로 나타났다. 그녀보다 앞서 갔다던 친구를 만나 바르에서 나란히 쉬고 있는 그녀도 환하게 웃는다.

먹구름이 몰려오고 있는 깔사디야의 하늘은 순식간에 어두워지기 시작했다. 한여름이라도 비는 맞기 싫어 뛰었다. 쥐 죽은 듯 고요한 골목에 뛰는 내 발소리만 요란하다. 알베르게에 돌아오니 한동안 까미노에서 볼 수 없었던 김 선생이 짐을 풀고 있었다. 김 선생만큼이나 붙임성 없는 나는 뻘쭘한 미소로 인사를 대신한다. 메세따의 깔사디야에 소나기가 시원하게 쏟아져 내리는 석양, 재빨리 어둠이 내려앉았다.

까를로스, 그만!

Calzardilla de la Cueza - Sahagún 22.4km

16일째

깊은 잠에 빠진 새벽, 여기저기에서 숨죽인 웃음소리에 잠에서 깼다. 출입구 쪽 아저씨가 코골이를 하고 있는데 아주 절묘한 리듬으로

깔사디아 데 라 꾸에사 공립 알베르게

코를 골았다. 일부러 흉내를 내려고 해도 쉽지 않은 리드미컬한 코골이에 키들거린 웃음은 끝내 푸핫! 터지고 말았다. 여기저기에서 키들대는 소리에 코를 골던 아저씨도 놀라 잠에서 깨고 한밤중에 모두들 깨어 웃다가 아무 일도 없었다는 듯 다시 고요한 잠에 빠져들었다. 어떻게 잠은 그리 쉬이 들 수 있는지 신기할 따름이다.

"길은 끝나지 않는다. 나의 길이 끝나는 순간, 또다시 누군가의 길이 시작될 뿐이다"

이른 아침 어둠 속에서 순례자의 아침은 고양이 발소리처럼 시작되었다. 일출이 빠른 평원에서는 조용하되… 신속하고… 짧게…순례자들이 이른 새벽에 길을 떠나는 것이다. 게으름을 피우고 싶어도 채비하는 사람들의 바스락임은 조바심을 주어 이내 자리를 털고 일어나야 했다. 알베르게에는 스낵을 판매하는 자판기뿐이고 들고 나갈 물이 없는데 하필 동전마저 없으니 당황스럽다. 자판기 앞에서 난감해 하고 있는 나에게 이탈리안 부부가 나 대신 물을 사 주었다.
길을 나서려면 물이 필요하니 염치 불고하고 덥석 받았다.
"그라씨아스!"

떠나온 마을로부터 길게 드리운 아침 해가 나의 그림자를 늘어뜨리며 들판에 퍼지자 눈에 들어오는 모든 것들이 반짝이며 한껏 기지개를 켰다. 어둠 속에서 숨죽이고 있던 밀밭이 햇살을 두르고 깨어나 금빛 물결로 출렁인다. 걷고만 있어도 가슴이 벅찬 메세따 평원의 아침 풍경은 어김없이 감동으로 다가온다. 오늘도 광활한 대지가 이어졌다. 고단함과 평온함이 교차하는 까미노다.

세 갈래의 길에서 포플러 숲길을 따라 걸었다. 레디고스Lédigos로 가는 동안 까를로스와 앙케Angel 할아버지를 만났다. 천사라는 이름처럼 온화한 낯빛의 앙케 할아버지와 까를로스가 워낙 다정다감해서 부자 지간으로 착각했다. 그들은 우연히 빰쁠로나에서 동행하게 된 마드리드 출신이었다. 털털한 까를로스는 끊임없이 이야기를 했다.

대화가 길어질수록 머리를 쥐어 짜야 하는 짧은 영어 때문에 점점 피곤해진다. 내 사정은 전혀 모르고 말을 시키는 바람에 더 이상 영어로 말할 수 없다고 하소연해 보지만 까를로스는 아랑곳하지 않는다. 영어 따위는 걱정 말라며 어찌나 폭풍 질문을 해대는지 난감하다.

센다를 따라 사아군으로 레디고스의 아침.

때라디요스 데 뗌쁠라리오스Terradillos de Templarios 마을 알베르게를 지날 때는 까를로스가 차라리 나를 앞질러 갔으면 하는 바람으로 무성의하게 응대를 했지만 설상가상으로 에스파냐어의 스승(?) 마샬까지 합세하여 모라띠노스Moratinos까지 동행하며 나눈 영어 대화로 머리에 쥐가 날 지경이 되었다. 아흑~ 잉글리쉬여!

묘하게 뭉쳐진 우리 일행은 모라띠노스 바르에서 작은 소동을 겪었다. 화장실을 간 사이에 커피값을 대신 냈다고 하여, 까를로스가 호들갑을 떠는 바람에 안 되는 영어로 긴 설명을 곁들여야 했다.

로스 아르꼬스의 존이 성의로 사준 커피와, 깔사디야에서 이탈리안 부부가 나에게 선의를 베풀어 준 일을 설명하고 그들처럼 나도 커피 한 잔을 사는 것이라고 하자, 까를로스가 연신해서 '고맙다'는 말로 소

때라디요스 데 뗌쁠라리오스 알베르게 앞 앙케할아버지와 까를로스

동은 마무리 되었다. 까미노의 바르에서 마시는 커피 4잔은 한국에서의 커피 한 잔 값에 불과하지만 커피의 맛은 결코 뒤지지 않는다.

까를로스는 나의 작은 호의에 화답이라도 하듯 "마리안 여행 일정이 끝나 한국으로 돌아가기 전에 마드리드 집에 꼭 방문해 주세요"라며 내가 좋아하는 뽈뽀를 자신의 손으로 요리해서 대접하겠다는 것이다. 당장이라도 문어를 잡아올 태세로 의기양양하다.

하지만 예정에 없던 포르투갈 여행 일정에 쫓겨 마드리드에 도착해서 시티투어 외에, 예약해 둔 민박도 취소하고 곧장 영국행 비행기를 타게 되어 까를로스와의 약속은 끝내 지켜지지 못했다.

빨렌시아와 레온León의 경계석을 지나, 사아군으로 향할 때 해바라기밭이 펼쳐졌다. 아쉽게도 초록의 해바라기밭에 샛노랗게 하나 둘

드물게 피었을 뿐이다. 소피아 로렌 주연의 '해바라기'를 상상해 보려 애를 써봐도 너무 동떨어진 풍경이다.

멀리 사아군 시내가 보인다. 금방 다다를 것 같지만 걷고 또 걸어도 도시가 가까워지지 않는다. 까미노에 일부러 길을 구불구불낸 것은 아닐까? 고가 다리쯤에서 센다를 따라 사아군을 갔더라면

수월했을 것을, 까미노다운 길을 걷겠노라고 매번 호기를 부리다 뒤늦게 후회가 뒤따르고, 고생은 고스란히 몸이 감당해야 한다.

발데라두에이Valderaduey 강을 건너는 다리 앞, 성모교회를 거쳐 가는

사아군은 지친 순례자에게 가혹하리만큼 멀게 느껴진다. 지칠 대로 지친 두 다리가 기계적으로 움직인다. 간신히 레온지방이 시작되는 사아군Sahagún 알베르게에 당도해 짐을 풀었다. 정말이지 쉬어 가는 알베르게가 천국처럼 느껴진다. 순례자들이 채 당도하지 않아 텅빈 알베르게, 널널하게 세탁을 마치고 휴식을 갖는 이 순간이야말로 최고의 자유를 만끽하는, 심신이 평온한 상태에 이른다.

알베르게 밖으로 나서자 쨍한 한낮의 태양이 모든 사물을 빛으로 하얗게 반사시킨다. 헉! 소리가 절로 난다. 비가 오지 않는다면 작렬하는 태양은 기승을 부릴 것이다. 순례의 여정은 태양을 두려워하기보다 동행자로 벗삼는 게 훨씬 지혜로운 순례자의 마음가짐이다.

발데라두에이강의 다리를 건너서 무데하르양식의 뿌엔떼 성모교회

아헤스 이후, 마주한 적이 없던 라파엘라가 혼자 알베르게에 나타나는 바람에 깜짝 놀랐다. 프란체스카는 이틀 전에 레온으로 건너 갔다는 것이다. 프란체스카의 발목에 이상이 생겨 산띠아고까지의 순례는 무리란다. 프란체스카와의 귀국 일정에 맞춰 35킬로미터의 사아군까지 홀로 걸었다는 대단한 라파엘라. 앞으로도 55킬로미터나 남은 레온까지 이틀에 걸쳐 강행군을 해야 하는 그녀의 우정과 놀라운 체력에 감탄하지 않을 수가 없다. 중도에 이탈리아로 돌아가야 하는 라파엘라의 표정에서 아쉬움이 묻어난다.

사아군의 뻬레그리노스 끌루니Peregrinos Cluny 알베르게의 출입문에 두 여자가 쪼그리고 앉아 오늘밤이 지나면 만날 수 없는 아쉬움을 수다로 풀어내고 있다. 라파엘라가 약사인 딸 소피아와 상하이에 교환

사아군 알베르게 순례자상과 앙케할아버지

학생으로 재학 중인 아들의 만리장성 사진을 보여주며, 두 자녀에 대한 애틋한 엄마의 마음을 드러내었다. 이제는 까미노에서 만나지 못할 것을 아쉬워하는 그녀의 눈가에 눈물이 고인다. 어깨를 꼭 끌어안고 이탈리안 키스로 아쉬운 마음을 전해 주는 그녀. 이별에 익숙하지 않은 나는 먹먹하다. 까미노에서 나란히 걸을 때 대체로 프란체스카가 말하고 가만히 웃기만 하던 라파엘라였는데······

두 여자의 아쉬운 수다가 길어졌다. 빰쁠로나에서부터 만났다가 헤어지기를 반복하면서, 그녀와 정이 든 탓에 울컥해진다.

앙케 할아버지와 까를로스는 바르에서 휴식을 마치고, 다음 마을로 가기 위해 배낭을 멨다.

"까를로스, 앙케 할아버지. 신의 가호를!"

나는 혼자이고 싶다
Sahagún - El Burgo Lanero 19.8km

17일째

늦게 일어난 사이에 모든 순례자들이 떠나고 알베르게 정문은 굳게 달혀 있다. 뒷문으로 나오자, 해는 이미 교회 십자가의 탑을 환하게 밝히고 있다. 시몬아저씨도 아줌마의 부상으로 순례를 계속할 수 없어 프랑스로 돌아가겠다고 하셨는데 작별인사를 하지 못했다. 어젯밤 내키지 않은 와인 한 잔을 마신 탓에 위장이 울렁거렸다. 정든 사람들과 작별한 아쉬움으로 마음까지 우울하다.

노란화살표를 찾기가 쉽지 않아 마요르 광장에 있는 바르에서 까미노 출구를 묻고서야 출구에 있는 산 베니또 아치에 이르렀다. 16세기에 복원되었다는 세아강Cea의 깐또 다리를 건너자 포플러숲이 길게 이어졌다.

깔사디야 데 로스 에르마니요스를 지나 만시야로 가는 길은 스페인에 남은 로마가도Calzada Romana 중 하나이다. 까미노에서 로마를 향해 만든 길을 간혹 볼 수 있다. 로마는 스페인의 비옥한 땅에서 얻은 소산물들과 광물들을 동서횡단 길을 통해 로마로 공수했다. 〈모든 길은 로마로 통한다〉했던 팍스 로마노! 곳곳에서 로마의 흔적이 모습을 드러낼 때마다 영원한 권력, 영원한 제국이 없음을 일깨워 주는 역사의 교훈을 마주하게 된다.

사아군을 빠져나가는 출구 깐또다리

지평선까지 잇닿은 들에는 밀과 해바라기와 옥수수로 뒤덮여 있지만 아무리 둘러봐도 가옥도 없고 농부도 보이지 않는데 농사는 누가, 어떻게 짓는 것일까? 광활한 들판을 지날 때마다 드는 생각이다. 아침이면 아침이라서 조용하고, 낮에는 시에스따라서 조용하고, 바르에 가면 수다 중인 노인들을 볼 수 있을 뿐 도대체 농사를 지을 만한 사람들은 어디에서도 보이지 않는다.

추수의 계절이 되면 수확하는 사람들로 활기찬 들판을 볼 수 있을까? 하루 종일 걷는 일 밖에 할 게 없으니 괜한 것까지 궁금해지고 드디어 길 건너편에서 옥수수 밭고랑을 정리하는 트랙터를 발견했다. 아무 상관도 없는 일에 궁금한 것이 많아 기계 하나에 놀라서 신이 났다. 일상이 단순해지니 눈에 보이는 것마다 소중하게 보이고 사색도 풍부해진다.

깔사다 델 꼬또Calzada del Coto의 갈림길에서, 센다를 따라 이어지는 엘 부르고 라네로El Burgo Lanero를 가기 위해 왼쪽 길을 따라간다. 만약에 사아군에서 깔사디야 데 로스 에르마니요스를 거쳐 만시야 데 라스 물라스로 가는 로마가도를 걷고 싶다면, 10킬로 이상을 더 걸을 수 있는 체력과 넉넉한 물을 준비를 준비해야 낭패를 보지 않는다.

깔사다 델 꼬또의 갈림길

1998년 순례 중 타계한 만프레드 크레스를 기리는 대리석 십자가에 노란리본이 걸렸다. 여름에는 열무김치국수가 제격이라는 메시지까지 받고서 온몸이 물먹은 솜뭉치처럼 축 늘어진다. 집을 떠난 지 오래지 않은데 벌써부터 향수병이란 말인가?

만프레드 크레스의 추모비

까미노에서 심심찮게 순례자의 죽음을 기리는 작은 추모비를 만나게 된다. 더욱 놀라운 것은 건강한 사람도 걷기 힘든 길에 산소통을 짊어진 순례자도 있고, 소변 호스를 몸에 달고 한 걸음 한 걸음 힘겹게 병마와 싸우는 순례자를 만나는 일이다. 까미노에는 용감한 그들이 함께 걷고 있다.

스페인의 쨍한 햇볕과 건조한 날씨는 어느 누가 카메라 셔터를 눌러도 멋진 풍경사진이 되는 것은, 시야에 들어오는 경치가 자연 그대로 작품이 된다. 더러는 까미노를 걸으며 눈으로 보고 가슴으로 느끼는 순간을 놓치고 싶지 않아, 제아무리 아름다운 풍경이라도 카메라에 담지 않고 감탄사만 연발하기도 한다.

까미노에서 이루 말할 수 없는 햇볕의 따가움에 몸서리를 치다가도 그늘에 들어가면 사이다 같은 청량감이 온몸을 감싸고 통쾌하다. 그런데 까미노에서 그늘을 찾기가 어려우니 미스터리가 아닐 수 없다.

메세따고원의 특징이 나무가 없다는 것이지만 스페인 정부가 일부러 까미노에 나무를 심지 않고, 순례자들을 고려해 고행의 길로 만들어 놓은 것은 아닐까, 의심이 들 정도로 까미노에서 가로수를 찾아보기가 힘들다. 여름날 그늘진 까미노를 만날 수 있는 곳은 깐따브리아 산맥이나, 갈리시아와 루고지방을 가야 되지 않을까 싶다. 구름 한 조각, 그늘 한뼘이 못내 그립다.

알베르게를 찾느라 골목을 빙빙 헤매고서야 엘 부르고 라네로의 도메니꼬 라피Domenico Laffi 알베르게에 배낭을 풀었다. 이곳은 17세기에 순례의 까미노를 걸었던 이탈리아 볼로냐 출신의 성직자의 이름을 따서 지은 순례자 숙소다. 오래된 건물이니 만큼 낡고 협소하다. 이런 환경에서도 순례자가 알베르게에 도착하여 세탁과 샤워를 끝내고 바르에서 쉬는 시간은 도시인에게는 상상할 수 없는 초극강의 널널한 여

엘 부르고 라네로 성 뻬드로교회 뒷편

유로움이 있다. 까미노의 시계추가 열배는 느리게 움직이는 것 같은 느낌 때문인지, 긴 시간의 휴식도 때로는 지루해질 정도이다. 빨리빨리 분주한 일상에 길들여진 도시인의 습성이 몸에 밴 탓에 주어진 한가로움마저 온전히 즐길 수 없는 것이 안타까울 따름이다.

지중해 연안국가에서 채택하고 있는 시에스따Siesta는 일명 '낮잠 자는' 풍습으로 스페인은 하절기 1시30분부터 4시30분까지 시행한다. 시에스따에는 마을에서 주민을 찾아보기가 쉽지 않다. 인적이 끊긴 작은 마을은 유령의 마을같이 고요하다. 땡볕에 순례자들만 겁 없이 마을을 돌아다닐 뿐이다.

산책을 마치고 간식을 만들기 위해 알베르게 식당에 들어섰다. 서너 명의 아줌마들이 요리를 하고 있다. 식성이 아주 좋거나 까미노에서 사람들과 섞이는 것을 좋아하는 성격이라면, 넉살 좋게 그녀들과 어울려 한낮의 널널함을 즐겨도 좋겠다. 그녀들의 식사가 끝날 즈음에 사람 좋은 낯빛의 아줌마가 설거지를 시작했다. 물기 하나 없이 감쪽같이 주방을 정리해 둠으로써 감탄을 자아냈다.

순례자의 기도의 눈물
El Burgo Lanero - Mansilla de las Mulas 18.8km

18일째

도메니꼬 라피 공립 알베르게의 천장은 공사장에서 흔히 볼 수 있는 각목 같은 것으로 얼기설기 잇대어 놓아서 금방이라도 쏟아져 내릴 것 같다. 지난밤 순례자들끼리 "귀신이라도 나올 것 같지 않아?"라고 했는데 아니나 다를까 귀신에 시달리는 꿈에 가위 눌려 밤새 잠을 설치고 말았다. 엄마야, 무서워! 지금껏 알베르게에서 도중에 깬 적이 없고, 잠 못 이룬 일이 없었던 터라 모골이 송연했다. 제아무리 잠을 청해 봐도 잠은 오지 않고 모두가 깊이 잠들어 있는 이른 새벽이라 고요한데 주섬주섬 배낭을 챙겨들고 무작정 알베르게를 빠져나왔다.

괴기스러운 정적이 감도는 골목은 어둠이 깊어 노란화살표를 찾을 수가 없다. 골목을 서성이는데 지난밤의 꿈 때문인지 등골이 오싹거린다. 할 수 없이 알베르게로 돌아가려는데 마침 사설 알베르게에서 나온 부부순례자를 발견하고 그들의 뒤를 따라 마을을 빠져나왔다.

마른 날씨가 계속되는 까미노에서 날마다 일출을 보는 것이 하나의 즐거움이 되고 있다. 동쪽 지평선 끝에서부터 붉은 햇살이 번져오면 내 그림자가 까미노에 길게 눕는다. 경이로운 광경이 펼쳐진다. 태양이 대지를 붉게 물들여오자, 어둠 속에 감추어졌던 작은 꽃들이 이슬을 머금고 새초롬한 얼굴을 드러낸다. 무성한 풀숲을 기어나온 달팽이들이 깨알 같이 많다. 흙길로 올라온 달팽이를 살피며 걷는 나의 걸음도 조심조심. 잘익은 밀이 바람에 흔들리면 낱알들이 햇살에 황금처럼 반짝인다. 환희에 찬 몸짓으로 출렁이는 대지의 아름다움을 선물로 받으며 걷는 까미노다.

렐리에고스Reliegos까지 13킬로미터 구간에 샘터가 있어 심리적으로 멀게 느껴지지 않아 논스톱으로 걸었다. 까미노의 4킬로미터는 한 시간에 걸을 수 있는 거리다. 내 몸의 근육들이 까미노에서 강화되고 햇볕에 길들여져 이젠 웬만큼 걸어도 힘든 줄을 모른다. 바르에 일찍 도착한 낯익은 순례자들이 파라솔 의자에 배낭을 내려놓고 있다. 버섯 볶음에 빵과 오렌지주스를 곁들여 모처럼 과한 아침 식사를 하느라 쉬어 간다. 뒤따라오는 순례자들에게 파라솔을 내어 줘야 할 때쯤 되면 일어나야겠다 싶어 마음까지 느긋하다.

다 지나가리라!

이십 년 전, 가족이 대형 교통사고를 당하던 무렵 인생의 골짜기와 쓰나미가 시작되었다. 두 달 만에 병원에서 돌아오니 베란다에 있는 화초가 모조리 죽어 있었다. 돌보는 가족의 손길도 있었고, 수년간 잘 자라 주었던 수십 개의 화초들이 빈 화분으로 덩그러니 남았을 때의

불길한 예감처럼, 서서히 모든 것을 맥없이 잃어갔다. 선천성심장병으로 태어난 둘째 아들은 시도때도 없이 숨이 멎었다. 앰뷸런스에 실려 응급실을 갈 때마다 죽거나, 장애가 될지 모른다는 공포감은 죽음보다 더 극심한 두려움으로 엄습했다. 미치지 않고 온전한 것이 이상할 정도로 삶의 어두운 터널을 지나가던 시기였다.

하나님은 나를 죽이지도 살리지도 않는 잔혹한 신처럼 느껴졌다. 가혹하게 날 다루신다는 느낌이 들었다. 왜? 나의 삶 속에 끝없는 고난과 시련을 주시는지 알 수 없었다. 신마저 의지할 수 정도의 고통스러운 날들은 삶에 대한 미련을 버리게 했다. 내가 예수를 몰랐더라면 전능자에 대한 신뢰나 기대가 없어 차라리 나았을지 모를 일이다. 더 이상은 실오라기 같은 생존본능까지 남아 있지 않았다.

마음의 정리를 하고 마지막으로 고향에 내려갔다. 사랑하는 아픈 동생을 보고 돌아오는 날, 희망이 사라진 내 절망의 눈물을 알기라도 하듯, 차창 밖으로 거센 빗줄기가 흘러내렸다. 이때,

"네가 잡은 검을 놓지 마라." 하시는 음성을 들었다.

"이제 저에게는 희망이 남아있지 않아요!" 발악하듯 외쳤다.

"내 시간은 네 시간과 다르단다."

티끌 만한 희망마저 잃어버린 차가운 마음안으로 그분이 손을 내밀어 주셨다. 끝이 보이지 않던 어두운 인생의 터널에 빛이 보이기 시작했다. 늦둥이 아들이 일곱 살 직전에 말을 시작했는데 열한 살이 되어서야 병원 출입을 멈췄다. 하나님의 음성을 듣고, 어둡고 긴 터널을 벗어났나 싶었는데 또다시 수년간 인내의 시간이 덧없이 이어졌다.

2012년 내 나이 쉰, 그제야 나를 향한 그분의 마음을 알았다. 내 삶을 에워싸고 끝나지 않을 것 같던 음울한 모든 것이 먹구름이 걷히듯 끝이 났다. 그렇다. 어떠한 아픔과 고통도, 죽고 싶은 유혹도 그 무엇도 안개가 스러지듯 반드시 지나간다.

만시야 데 라스 물라스로 가는 도중에 노란화살표가 많지 않지만 평탄하게 뻗은 길이라 수월하다. 만시야 데 라스 물라스Mansilla de las Mulas에 도착해서 알베르게로 가기 전 교회에 잠시 머물렀다. 무수한 사람들이 떠오르고 하염없는 눈물이 볼을 타고 흘러내렸다.
"다 지나가리라!"

엘 부르고에서 옆 침대를 썼던 유카리와 알베르게 앞 카페에서 나란히 커피를 마시면서 알베르게의 접수가 시작되기를 기다리고 있다. 얼핏 보면 한국 청년으로 보이는 32살의 유카리는 생기발랄하고 영어에 능통해서 젊은친구들과 잘 어울리는 일본 처자인데 반해, 동경에서 온 유미는 말수가 적고 조용하다. 같은 일본인인데 왠지 그녀에게 더 정이 갔다.

알베르게 접수 후, 이른 시간이라 침대를 골라 배낭을 풀었다. 뒤따라온 유미와 프랑스의 마고가 옆 침대에 자리를 잡았다. 휴학을 하고 1년짜리 배낭여행을 하고 있는 마고는 전형적인 파리지엔이다. 장보기를 마친 우리들은 주방에서 부산스럽게 움직였다. 홍합탕을 끓일 때 필요한 야채는 이탈리안 털보청년 커플이 넌지시 건네 준다. 마고는 간단하게 고단백으로 먹을 수 있는 통조림 콩요리를 선보였다. 주로 순례자 메뉴를 사먹거나 치즈와 빵으로 대신했는데 만시야에서는 순례자들과 만든 요리로 테이블에 둘러 앉아 저녁 식사를 즐긴다.

밤 9시가 지나도 환한 이곳에서 석양다운 풍경은 바르에 앉아 고즈넉하게 즐기는 것이 유일하다. 만시야의 교회 앞에서 만난 아영과 함께 했다. 산띠아고에 도착한 뒤 거꾸로 생장피에드포드로 리턴하고 있다는 그녀의 이야기를 듣고 깜짝 놀랐다. 산띠아고를 향하는 사람의 등을 보면서 걸었던 까미노, 꼭 한번은 순례자들을 마주보면서 걸어보고 싶었다는 것이다. 누구도 쉽게 할 수 없는 그녀만의 순례의 이야기를 들으며 만시야의 밤이 깊어가고 있다.

까미노는 각자 살아낸 만큼의 감동을 매일 베풀어 주고 있다. 또한 순례자는 인생을 살아낸 수고만큼의 감동을 맛볼 수 있는 기이한 길

만시야 데 라스 물라스로 가는 입구

이다. 현재의 자신의 모습을 만나고 싶다면 까미노 데 산띠아고의 플랜을 짜 보라. 까미노가 그대를 기다리고 있다. 인생은 새로운 길을 만드는 사람과, 만들어진 길을 따라가는 사람이 있다. 나는 새로운 길을 만드는 사람이 되고 싶다.

레온, 너마저!
Mansilla de las Mulas – León 20km

19일째

마고와 유미가 먼저 알베르게를 떠났다. 어둠이 채 가시지 않은 골목에 가로등만 고즈넉이 불을 밝히고 있다. 하룻밤 나의 곤한 몸을 쉬게 해 준 만시야의 알베르게를 한번 뒤돌아본다. 묵었던 알베르게를 나오면 골목이 끝나기 전에 뒤돌아보는 습관이 생겼다. 골목 끝에서 왼쪽의 니꼴라스 광장을 지나 불빛으로부터 멀어진 어스름한 에슬라강Rio Eslar을 지나는 다리를 건넜다. 까미노의 노란화살표를 따라, 까미노의 서늘한 새벽공기를 가르며 센다를 걷는다. 어제 오후, 성벽을 따라 산책을 한 뒤 까미노 출구와 길을 확인해 둔 덕분에 어둠이 채 가시지 않은 길을 헤매지 않으니 좋다. 레온León으로 가는 길, 모든 게 낯선 길인데 모든 게 익숙하게 느껴지는 까미노이다.

해가 등 뒤에서 달아오를 때, 바르에서 흩어져 걷던 유미를 만난 김에 동행을 하며 그녀의 이야기를 듣는다. 도쿄의 레스토랑에서 근무

하고 모은 돈으로 3개월의 배낭여행을 시작했다는 유미. 산띠아고에
도착하면 아이슬란드와 모로코를 거쳐 도쿄로 돌아갈 것이라며 수줍
게 웃는다. 그녀에게 연인이 있는지 넌지시 물어보자 대뜸 결혼할 생
각이 없다는 것이다. "일본으로 돌아가도 또다시 여행을 꿈꿀 것 같
다"며 자유로운 여행의 즐거움이 크다고 했다. 무엇엔가 매이지 않고
지금처럼 살아가는 것도 나쁘지 않다는, 도쿄에서 온 서른 여섯의 유
미다.

센다를 벗어나 한 시간쯤 걷다가 공장들로 어수선한 도로가 나왔
다. 자동차의 소음을 들어야 하는 도로를 따라가지 않고, 굴곡이 심한
길을 택했다. 하지만 아르까우에하Arcahueja까지 걷는 길은 만만찮은 경
사에 벌써부터 다리 근육이 경직되어 고되다.

만시야 데 라스 물라스 입구의 순례자상

도로를 건너는 육교에 서서 바라보니 멀리 시야에 들어오는 도시 레온. 레온에서 산띠아고까지 이제 3백 킬로미터쯤 남겨둔 셈이어서 머잖아 도착할 산띠아고를 생각하며 우리는 동시에 아쉬움과 뿌듯함이 교차한 환호성을 질렀다. 하지만 단순한 까미노를 걷다 대도시에 들어오면 약간의 부적응을 겪어 도시로의 진입이 마음을 무겁게 한다.

레온의 산따 마리아 데 까르바할Santa María de Carbajal 공립 알베르게는 11시에 개방하는 이유로 먼저 도착한 순례자들이 순서대로 배낭을 길게 세워 두고 여유를 누리고 있다.

기다리는 동안 유미가 일본 순례자협회에서 받아 온 끄레덴시알을 보여 주었다. 일본의 끄레덴시알은 역시나 디테일하고 아기자기하다. 유미는 나의 끄레덴시알을 대조해 보며, 똑같은 모양의 세요를 찾느라 집중하더니 동일한 알베르게에서 묵었던 마을이 여덟 군데나 겹쳐진 걸 찾아냈다. 함께 묵었던 알베르게의 세요를 찾을 때마다 평소의 조용한 유미답지 않게 들뜬 목소리로,

"스고이! 스고이!"

평소에 영어로 대화를 하는 그녀도 자국어 감탄사를 연발하며 우리 두 사람의 세요를 확인하는데 흠뻑 빠져 있다.

알베르게 오스삐딸레로들은 정확히 11시에 업무를 시작했다. 1층의 여성 순례자들의 숙소는 옛날 교회수녀관이다. 넓지만 어둡고 분위기가 무겁다. 낡은 철제침대의 푹 꺼진 매트리스와 간격이 좁은 침

대는 옆 사람의 쌔근거리는 숨소리까지 들린다. 늦게 도착한 순례자들은 배낭을 쌓아 놓을 공간이 없어 출입구에 겹겹이 쌓아 놓았다. 오늘따라 심란하게 보이는 알베르게 내부 모습이다.

빨래를 널고 돌아오다 뜻밖에 그동안 만나지 못했던 한국의 순례자들과 조우했다. 까미노는 오뗄이나 오스딸이 아닌 공립 알베르게에 머물다보면 우연히 만날 확률이 높다. 어제 도착한 그들이 라면을 구해 온 덕분에 모처럼 입맛에 맞는 저녁 식사를 할 수 있겠다는 들뜬 마음으로 함께 우르르 찾아간 버거킹에서 크림이 듬뿍 올려진 차가운 크라페를 먹고 슬슬 배가 아프기 시작하자 더럭 겁이 났다.

스페인에 오기 전, 위경련이 일어나 응급실로 실려가서 고생한 기

레온의 레알 바실리카 데 산 이시도로

억 때문에 당황한 나머지 먹다만 버거와 스마트폰을 통째로 버리고 돌아와 뒤늦게 핸드폰을 찾느라 버거킹 쓰레기통을 뒤집는 해프닝을 벌이기까지 했다. 서둘러 알베르게에 돌아와 누웠지만 점점 심해지는 복통으로 두려움이 엄습해 온다.

땡볕에 지친 몸을 배려하지 못하고 찬 크라페를 마신 나에게 마치 시위라도 하듯, 위장은 뒤틀리고 식은땀이 났다. 주말의 레온은 음악과 함께 점점 광란의 카니발에 빠져들었다. 광장에서 들려오는 소리와, 밤새도록 배를 움켜쥐고 뒹군 끔찍한 밤은 어쩜 그리도 길기도 하던지, 울지도 못할 만큼 아팠다. 밤새 이어진 악기소리와 카니발에 휩싸인 레온의 금요일, 앰뷸런스를 불러야겠다고 생각했는데 그만 의식이 가물가물해 그 이후의 기억이 나지 않는다.

산 마르띤 가는 길, 수로에 발 담그고
León - San Martín del Camino 26.5km

20일째

다음날 조용한 정적 속에 깨어났다. 대도시 징크스인지 부르고스 이후, 레온에서조차 한바탕 난리를 치른 지난밤을 생각하면 진저리가 쳐졌다. 위경련에 시달리면 물 한 모금도 먹을 수가 없다. 앰뷸런스에 실려가지 않은 것을 다행으로 여기며 가까스로 몸을 일으켰다. 순례자들이 떠난 알베르게는 텅 비었다. 정신이 몽롱한 중에도 K가 알베르게 자신의 침상에 홀로 남아있음을 알았다. 아헤스 이후 K에게 말을 건네지 않았다. 몸만 아프지 않았더라도 레온에서 까미노를 끝내게 된 K에게 인사를 나눌 여유가 있었을 것이다. 하지만 사람들이 떠난 휑한 알베르게를 비워야 할 시간인데다 내 몸 하나를 제대로 가누지 못한 상태라 그녀에게 따뜻한 인사 한마디 건넬 여유조차 없었다.

오뗄로 옮겨야 한다는 생각에 서둘러 알베르게를 나왔지만 오뗄 체크인까지 바르에서 기다려야 하는 일도 여간 고역이 아니겠다. 몸이 휘청댄다. 위경련을 일으키고 난 후, 물 한 모금 먹지 못한 몸이니 당연했다.

동이 틀 때, 태양을 등진 레온 대성당. 지난밤 카니발의 여운을 씻어낸 살수차에 의해 물벼락(?)을 뒤집어 쓴 대성당의 모습이 왠지 애처롭다.

어젯밤 광란의(?)페스티발을 무한 상상하게 되는 난장의 거리에서 축제의 여운이 가시지 않았는지 서양 처자들이 술이 덜 깬 목소리로 고래고래 노래를 불러댔다. 흐느끼는 것인지 남은 취기 때문인지, 아직 깨어나지 않은 도시의 정적을 깨뜨리는 소음이다. 너희는 흐트러짐도 용납되는 청춘이어서 얼마나 좋으냐.

아침햇살이 펼쳐진 레온 대성당 앞 광장은 청소하는 사람들이 쏘아대는 물대포 때문에 온통 물바다가 되었다. 레온에 가면 봐야 할 유명 명소로 손꼽는 레온 대성당도, 아무것도 먹지 못해 인사불성에 이른 나에게는 그림의 떡일 뿐이다.

광장에 있는 바르에 앉아 익숙하고 부드러운 것을 주문했다. 오믈렛인 또르띠야나 우유가 들어간 까페 꼰 레체가 위장에 어떻게 반응할지 알 수 없지만 익숙하지 않은 음식보다 나을 성싶어 주문했다. 하지만 음식을 먹는 둥, 마는 둥 일어섰다. 퀭한 눈으로 바르에서 정오까지 기다릴 바에는 속히 레온을 떠나야 한다는 생각이 든 것이다. 무작정 까미노 화살표를 따라갔다. 유서 깊은 산 마르꼬스수도원이 호텔로 운영되는 광장에서 호세 마리아 아쿠나의 순례자상을 만났다. 지쳐서 잠시 쉬고 있는 순례자의 고뇌를 어찌나 실감나게 묘사했던지 감정이입이 되었다. 레온의 도시 끝, 다리를 건너기 전 십자가를 만날 때까지 걸었다. 밤새도록 아팠던 것에 비하면 놀라운 힘이 솟았다. 천천히 걸어가기로 한다.

라 비르헨 델 까미노La Virgen del Camino의 바르에서 혼자 여행 중인 스

산 마르꼬스 광장의 호세 마리아 아쿠냐의 순례자상

웨덴의 크리스틴을 만났다. 그녀도 알베르게를 느지막하게 출발했기 때문에 쉬엄쉬엄가려고 한다는데 이미 브런치타임이다. 순례자에게는 아주 늦은 시간이라 그녀는 마치 대열에서 낙오한 사람 같다. 하기사 군기(?)없기는 나도 매한가지다. 걸어갈 힘이 있는 만큼만 걷다가 적당한 알베르게에 짐을 풀 생각으로 다시 일어섰다. 크리스틴도 마시던 커피를 내려놓고 배낭을 멨다.

라 비르헨 델 까미노 교차점에서 노란화살표가 어지럽다. 크리스틴이 가지고 있던 책을 펼쳐 들었다. 왼쪽으로 가면 비야르 데 마사리페 Villar de Mazarife로 가는 길, 오른쪽은 산 마르띤 델 까미노로 가는 길이다. 산 마르띤을 택해 걸었다. 쭈욱 아스팔트의 차도가 이어졌다.

라 비르헨 델 까미노 교차 지점에서 발베르데 데 라 비르헨을 지나가다.

산 미겔San Miguel을 지나갈 때, 사탕바구니를 집 앞 벤치에 놓아둔 할머니를 만났다. 등산화를 벗느라 벤치에 걸터앉자 사탕을 가져가라는 손짓을 하시지만 워낙 날씨가 뜨겁다 보니 사탕이 아닌 물 한 잔, 콜라 한 잔이 더욱 간절해지는 순간이다.

공장과 오뗄만 보이는 길을 따라 걸었다. 도로 위를 무섭게 달리는 화물차의 굉음으로 머리가 아팠다. 뒤쳐져 걷던 크리스틴은 아예 보이지 않는다. 산 마르띤, 너는 도대체 어디 있는 것이냐! 컨테이너 화물차들은 사람은 안중에 없다는 듯이 쌩쌩 내달렸다. 줄곧 햇빛을 반사시키는 아스팔트 길이 이어지는 풍경은 삭막하기만 한데, 어디선가 불쑥 나타난 스웨덴 청년이 잠시 말동무가 되어 준다.

비야당고스Villadangós 바르 계단에 걸터앉아 있는 서양 처자에게 오는 길에서 주운 선글라스를 내밀자 자신이 잃어버린 선글라스가 맞다면서 화들짝 놀라는 기색이다. 여름 까미노에서 순례자에게 선글라스가 필수적이다. 자칫하면 강한 일광에 눈을 상하게 되기 때문이다. 선글라스가 제때 주인을 찾았으니 다행이다. 고맙다는 그녀의 인사를 뒤로하고 계속 걷는다.

"부엔 까미노"

그늘 하나 없는 센다에 이미 2시를 지난 태양이 무자비하게 쏟아져 내리는데 일사병 걱정도 잊고 걷고 또 걷는다. 간간이 마주했던 젊은 순례자들마저 보이지 않는다. 아마도 미친 듯이 이글대는 태양의 열기가 수그러들면 그들이 출발할 것이다. 나는 미련스럽게 한낮의 더위 속을 홀로 걷고 있다. 만 하루 동안 먹은 것이라고는 또르띠야 한 조각과, 두 잔의 까페 꼰 레체와 캔 콜라 두개인데 배가 전혀 고프지 않다. 이상하리만큼 고요한 평화를 느끼면서 걷는 나는, 극성스러운 더위를 견딜 만한 체력을 가진 사람이 결코 아니다. 육체의 고통을 초월하는 평안과 기쁨이 솟아 나오는 이 평화는, 잔칫상을 베푸신 그분에게서 온다는 것을 알 뿐이다.

"어메이징 까미노!"

수로에 발을 담그기 위해서 풀이 누웠거나, 흙무덤이 도드라진 데를 찾아 수로 난간에 매달려 발을 담갔다. 까미노에서 풀숲에 예사로 앉으면 안 되는 것이 무척 억센 가시풀 때문에 털썩 주저앉았다가는 큰 봉변을 당한다.

물에 담근 발이 시리다 못해 신음소리가 저절로 터져 나오자, 혹사시킨 두 발에게 미안한 마음이 들었다. 눈으로 봤을 때는 수로의 물살이 이처럼 거셀 줄 몰랐다. 간당간당하게 매달린 팔의 힘으로는 오래 버티기가 힘들었다. 하지만 두 발을 생각해서 안간힘을 다해 참아냈다. 통증이 사라질 즈음에야 난간을 기어올라왔다. 수로에서 발을 식힌 덕분에 한낮의 땡볕임에도 무사태평 케세라 세라~ 하면서 걸을 정도로 회복되었다.

오후 4시, 산 마르띤 델 까미노San Martín del Camino의 산따 아나 사설 알베르게에 짐을 풀었다. 함께 묵게 된 폴란드의 앨리 그리고 늦게 합류한 크리스틴과 세탁을 마치고 알베르게 뒷마당으로 나갔다. 앞마당을 가로지르는 수로가 있는게 신기하다. 큰 체리나무의 열매까지 마음껏 따먹어도 된다니 이게 웬 호사란 말인가? 폴란드에서 온 앨리는 항공사 기장인 남편의 비행노선의 일정에 따라 혼자만의 여행을 곧잘 즐기는 전형적인 도시형 아줌마다. 교황 요한 바오로 2세와 같은 폴란드인라는 사실을 자랑스러워하는 앨리가 유쾌하게 우리들의 대화를 이끌어 갔다. 크리스틴은 은퇴하기까지 휴가를 이용하여 여행을 즐기겠다는 62세의 싱글이다. 그녀는 말없이 조용하지만 자신의 생각이 분명한 사람이었다.

알베르게 뒷마당 수로에 발 담그고 앉은 세 여자는 수다 삼매경에 빠져 한적한 알베르게에서의 한가로움을 만끽하고 있다. 배낭에 입을 만한 여벌옷이 없는 나에게 스카프는 옷만큼이나 유용하다. 낮에는 히잡처럼 머리에 두르기도 하고, 아침에 오슬오슬 추울 때 목에 두르

산 마르띤 아나 알베르게에서 앨리와 크리스틴과 즐기는 망중한

면 손쉽게 체온을 유지할 수 있다. 까미노에서 파란스카프를 두른 사람이 나 혼자 뿐이어서 그랬던지, 모르는 서양 순례자들도 '블루스카프의 마리안'이라며 나를 기억했다. 갑자기 크리스틴이 스카프를 어디에서 샀는지 묻는다. 그녀가 스카프가 마음에 든다고 한마디만 하면 당장이라도 벗어줄 참이었지만 그녀의 단순한 호기심이었다. 그녀들과 오랜 시간 수다로 한가로움을 즐겼음에도 지평선에 해가 떨어지려면 아직 멀었다.

마을 산책을 나섰다가 한국에서 온 순례자들이 건너편 공립 알베르게에 머물고 있다는 연락을 받았다. 까미노에서 나란히 걷지 않아도 홀로 순례 중인 나의 안부를 물어주는 그들이 고마울 따름이다. 산 마르띤 델 까미노의 긴 하루가 조용히 저물고 있다.

산 후스또 David

San Martín del Camino - Astorga 28.5km

21일째

캄캄하다. 커튼이 드리워진 것 때문만이 아니라 어둠이 채 가시지 않은 새벽이다. 어둠 속에서 앨리가 알베르게를 조용히 빠져나갔다. 순례자들의 발자국소리에 고요한 마을이 깨어나고 있다. "봄에 있었던 대만계 미국여성의 납치 뉴스와 아시아 여성을 상대로 나쁜짓을 하는 강도가 출몰한다는 흉흉한 소문이 돌고 아스또르가의 인근 마을까지 강도주의보가 내려졌으니 너는 더욱 조심하라"는 앨리의 충고를 새겨 듣는다.

순례자는 아침 해를 등지고 걷는다. 오스삐딸 데 오르비고 가는 길 두 시간쯤 걸었을까, 오스삐딸 데 오르비고Hospital de Órbigo마을로 들어섰다. 13세기 로마시대에 축조되어 20개의 아치를 자랑하는 오르비고 Río Órbigo강 위의 다리와, 실연의 아픔과 자존심을 지키려 했던 중세의 기사 돈 수에로의 사연으로 유명하다. 돈 수에로의 용기에서 유래되어 매년 6월이면 마을을 중세 분위기로 꾸미고, 다리 곁에서 오스삐딸의 연례행사로 창겨루기 시합을 이어온 마을이다.

순례자들은 다리 위에서 한바탕 인증샷을 찍는 소란을 마치고 길을 떠난다. 바르에서 간단한 아침을 먹고 길을 나서다 만난 두 갈래 노란 화살표 중, 3.5킬로미터를 더 걸어야 하는 오른쪽 산띠바녜스 데 발데이글레시아로 갈 것인지 망설이고 있다.

오스삐딸 데 오르비오로 가는 길

레온에서의 위경련이 준 여파로 컨디션이 회복되지 않았지만, 전통적인 까미노답다는 길을 선택했다.

비야레스 데 오르비고Villares de Órbigo 마을에 이를 즈음에는 버스로 이동 중인 파란단체복을 입은 사람들과 섞여서 걷는다. 조용했던 까미노가 북적거린다.

마을 끝에서 농기구를 손질하던 할아버지를 만났다. 작은 열매를 먹어보라고 주시는데 겁(?) 없이 받았다. 할아버지가 잠시 기다리라는 손짓을 하시더니, 봉지 하나를 들고 나오셨다. 뜻밖에 한국의 구운 김이다. 누군가 할아버지에게 선물로 드린 것일텐데 한국 순례자를 위해 다시 돌려주는 할아버지와 기념사진을 남기고 헤어졌다.

중세기사의 사연이 깃든 오르비고 다리

"꼬레아, 부에나 수에르떼!"
"무챠스 그라씨아스, 할아버지!"

참나무가 빼곡한 숲과 과수원을 지나 산띠바녜스 데 발데이글레시아Santibanez de Valdeiglesia까지 한 시간여를 걸을 때는 풍경이 익숙하여 고향마을을 지나가듯 흥미로웠다. 포플러숲과 마늘을 수확해서 묶어 둔 마늘밭의 사진을 찍으며 콧노래를 부를 여유까지 있었다. 하지만 산띠바녜스를 지나서, 산 후스또 데 라 베가로 가는 길은 걷기만 해도 황토 흙먼지가 일어나는 거친 언덕배기를 계속 오르내리고 있다.

'Santiago'라고 적힌 작은 돌멩이 위에는 태양에 말라 비틀어진 작은 꽃송이가 놓여 있다. 걷는 것도 버거운데 꽃 한송이를 올려놓을 수

비야레스 데 오르비고 마을의 알베르게

언덕 위의 다비드의 도나띠보 수레

있는 누군가의 마음의 여유라 니…… 한낮의 태양 아래 무리하게 돌아가는 길을 택했다는 자책으로 내딛는 걸음이 천근만근이었는데, 뭉클하게 밀려오는 감동으로 힘을 낸다.

산또 또르비오 돌십자가가 있는 산 후스또 언덕 직전에 도나띠보 수레가 있다. 이 수레의 주인은 잘생긴 다비드David다.

수레 주변에 남자들만 북적이고 있어 그냥 지나치자니 목이 마르고, 머물러 가기에는 멋쩍어 주춤주춤댔다. 순례자들에게 에워싸여 있던 그가 성큼성큼 내게로 왔다.

"Corea, 안눙하세요!"

서툰 한국말 인사를 하고는 내 손에 들려있는 물통을 낚아채듯 가져가더니 얼음을 한가득 채워 왔다. 음료수를 마시는 바르에서조차 귀한 것이 얼음인데 이게 웬 떡이람. 용기백배하여 페도라의 청년에게 사진까지 부탁했다. 근육질의 미남 다비드와 나란히 말이다. 그가 흔쾌히 내 어깨를 감싸안는 포즈를 취해 주었다. 딱히 무엇인가 기대하지 않아도 스토리텔링하는 까미노다.

"David, 무챠스 그라씨아스!"

산또 또리비오Crucero de Santo Toribio 돌십자가 앞에서는 여러 차례 까미노에서 마주쳤던 호주 청년을 만났다. "동양인의 인사는 받지 않는 인종차별주의자"라는 말을 들은 바가 있어 사진을 찍어 달라는 말을 어렵사리 꺼냈는데 흔쾌히 미소로 응해 주었다. 그를 판단했던 사람의 오해였을 뿐이다. 이후에도 마주할 때마다 가벼운 눈인사를 건네었다. 까미노를 혼자 걷는다는 것은 나름의 이유가 있을 터이다.

개인보다 집단 관계망 안에 있을 때, 안정감을 갖는 한국인은 개인적인 성향을 존중하기보다, 공동체적 성향을 따르는 경향이 있다. 한국 속담에 '모난 돌이 정을 맞는다' 라고 하지만 정을 맞은 돌이라야 쓸모가 있고 가치가 더해진다. 정을 맞지 않은 돌은 그냥 돌에 불과할 뿐이다. 다른 사람을 자신의 잣대로 판단하는 우를 범하지 말기를.

산또 또리비오 십자가석 너머로 멀리 보이는 아스또르가

산 후스또 데 라 베가San Justo de la Vega를 지나 아스또르가Astorga 알베르게에 짐을 풀고 처음 찾아간 곳이 마요르 광장이다. 에스빠냐 시청이 있는 넓은 광장이다. 아스또르가 시청사 위의 쌍둥이탑과 시계탑이 인상 깊은데 '마라가떼리아'스타일 옷을 입은 두 사람이 종을 치는 형상물이 있다. '꼴로사'와 '후안 산꾸다'라는 두 인물은 정확히 정시만 알려준다. 15분, 30분, 45분은 시계의 장인이 이 도시의 지독하게 인색했던 주민들을 조롱하듯, '15분 단위의 시간은 알려주지 않겠다'며 만들었다는 것이다. 아스또르가에 볼거리가 많아 산책을 나서다 보면, 아름다운 유적들이 있는 이 도시에 반하게 된다.

산따 마리아 대성당Catedral de Santa María의 섬세함은 로마네스크와 바로크양식에 고딕양식이 가미된 아스또르가 최대의 유적이다. 이와 함께 현재 까미노박물관으로 사용 중인 빨라시오 에삐스꼬빨 주교궁은 건축가로써 전설적인 가우디의 작품이다. 주교궁의 환상적인 자태에 감탄이 절로 나온다.

아스또르가Astorga에는 먹을거리도 풍부해서 모처럼 순례자의 눈과 입이 호사를 한다. 18세기와 19세기에 번창했던 초콜릿 산업의 역사를 한눈에 볼 수 있는 초콜릿 박물관까지 있어 흥미롭다. 보슬보슬 부

서지는 만떼까도라는 과자를 아스또르가에서는 맛보지 못했다. 나중에 마드리드 바라하스 공항면세점에서 만떼까도를 선물용으로 샀지만 내 입맛에 맞는 과자는 아니었다. 사람들이 스페인 안달루시아지방의 크리스마스 디너용 과자로 유명한 만떼까도를 꼭 먹어보라고 추천한 이유를 모르겠다.

오 선생도 아스또르가를 끝으로 떠나갔다. 모처럼 도시에서 무탈하게 하룻밤을 보내고 새벽 이른 시간에 알베르게를 나섰다. 가우디의 주교궁이 새벽까지 어스름한 불빛에 자태를 뽐내고 있다.

아스또르가의 아침은 여느 때와 사뭇 다르다. 순례자들이 조용히 홀로 길을 떠나던 것과 달리 소풍가듯 나란히 줄을 지어 걸었다.

가우디가 만든 주교궁을 현재 까미노박물관으로 사용 중이다.

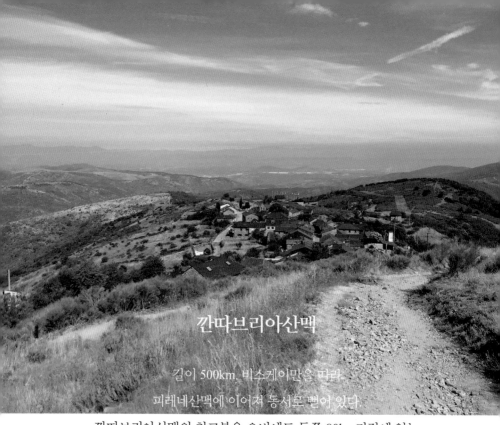

깐따브리아산맥

길이 500km. 비스케이만을 따라.
피레네산맥에 이어져 동서로 뻗어 있다.

깐따브리아산맥의 최고봉은 오비에도 동쪽 80km지점에 있는
세레도산(2,642m)이다. 주로 석회암으로 구성되는 평균 해발 1,000~2,000m
의 산지에는 많은 호수가 있으며
가장 큰 호수는 에브로강의 수원이 되는 에브로호이다.
서안 해양성기후를 이루므로 강수량이 풍부해서
스페인에서는 보기 드물게 식생이 풍부한 곳이다.
북사면은 너도밤나무·밤나무·졸참나무 등이 무성하고
남쪽에는 과수가 많다. 밀 등의 곡물도 재배된다.
그러나 내륙에서는 바다의 영향이 적어 비가 적으며
일부에서 목축이 이뤄지고 있다.

올 봄, 아스또르가에서 일어났던 납치,강도 소식이 동서양 순례자를 막론하고 모두에게 두려움을 주고 있다. 지역 경찰들이 조를 짜서 일정한 간격으로 순례의 길을 따라 차량 순찰을 돈다고는 하지만 순례자 스스로 조심해야만 한다.

깐따브리아산맥의 품속으로

Astorga - Rabanal del Camino 21.4km

22일째
무리아스 데 레치발도Murias de Rechivaldo 마을의 바르Bar는 돌로 담장을 쌓고 그 틈새를 황토로 메운 것으로 익숙한 모습이다. 지붕에 얹은 기와 역시 친숙한 우리네 옛집과 흡사하다. 바르 마당 한가운에 앉아 뜨거운 카페 꼰 레체를 마시는 기분이 고향집에 와 있는 듯, 편안함을 주었다.

이베리아반도 북부에 있는 로마가톨릭 왕국들이 국토회복운동을 전개하여 이슬람왕조의 무어인들을 몰아내고 영토를 되찾은 이후, 무리아스 데 레치발도는 아랍계 소수민족으로 알려진 마라가또인들이 떠나지 않고 남아서 마을을 지키고 살아온 곳이다. 산 에스떼반교회와 바르와 샘이 있는 이 마을로부터 두 갈래 이어진 까미노는, 흙길로 된 산따 까딸리나 데 소모사로 가는 길과, 까스뜨리요 데 뽈바사레스 마을로 가는 까미노가 있다.

산따 까딸리나 데 소모사Santa Catalina de Somoza에서 평평하게 이어지는 엘 간소El Ganso로 가는 까미노에서 버려진 쓰레기를 줍고 있는 캐시Kathleen아줌마를 만났다. 아주 오래전 한국대사관에 근무하게 된 남편을 따라 1년 정도 한국에 살았던 경험을 이야기 삼아 동행하게 되었다. 그녀는 폴리네시안 혈통인 듯한 외모를 가진 매우 쾌활한 미국인 여성이다. 혼자 있는 것을 즐기는 나와 다르게 새로운 이야기에 관심이 많고 이슈에 민감한 그녀 덕분에 특색 있는 엘 간소의 카우보이 바르를 찾아 들어갔다. 카우보이 바르Bar 주인장과 호쾌하게 이야기를 나누더니 그녀가 생일 이야기 끝에 자신의 여권을 보여 준다. "마리안의 생일과 비슷하다"는 것이다. 그녀와 나의 생일은 몇년 하고도, 한달이 차이가 있는데 어떻게 비슷하다는 것인지, 그녀의 너털웃음에 덩달아 웃음이 터지고 만다.

엘 간소의 카우보이 바르

그녀와 바르 주인장, 이름처럼 카우보이 스타일의 넉살을 뒤로 하고 길을 나섰다. 엘 간소에서부터 점차 오르막길이 시작되었다. 뜨거운 날씨에 오르막길을 계속 걷는다는 것이 여간 힘든 게 아니다. 참나무숲을 통과하여 걸어가는 것이 그나마 위안이 된다. 1,155미터 라바날 델 까미노에서 하룻밤 묵어가자는 캐시의 제안에 동의했다.

라바날 델 까미노Rabanal del Camino는 깐따브리아산맥 초입에 있어서 오래전부터 순례자들이 묵어가는 길목이라 산적이 자주 출몰해서 괴롭혔다. 템플기사단이 순례자들의 안전을 지키기 위해 머물렀던 마을이기도 하다. 마을 끝, 산따 마리아교회 뒷편의 가우셀모 알베르게의 문이 굳게 닫혀 있다. 담벼락에 기대어 배낭을 차례대로 놓아두고 마을을 한 바퀴 돌고 오는 동안 알베르게의 접수가 시작되었다.

오스삐딸레나 두 분이 정원의 라벤더를 뚝뚝 꺾어 물병에 넣고 흔들자 즉석 아이스티가 되었다. 방 배정을 기다리는 순례자들은 라벤더 차를 마시며 기다리고 있다. 친절이 몸에 밴 오스삐딸레로는 알베르게가 생긴 이래로, 한국여성이 찾아오기는 처음이라며 무척 반갑게 맞아주었다. 어떻게 까미노에 오게 되었는지, 오는 도중 까미노의 느낌은 어땠는지 순례자의 감상을 물었다. 가우셀모 알베르게Rufugio Gaucelmo에 한국의 여성 순례자들이 더 많이 찾아주길 바란다는 말도 곁들인다.

베네딕트교단의 수도사들이 산 살바도르 델 몬떼 이라고San salvador del monte Irago수도원을 짓고 순례자들이 피정을 원하거나 쉼을 얻고자 할 때, 이틀 이상 머물러 갈 수 있도록 배려하고 있다. 예배는 라틴어로 진행하고 고해성사와 순례자를 위한 축복의 시간을 가진다. 교회 입구에는 한국어를 포함한 몇 개 나라의 언어로 된 안내문이 눈에 띄는데 매년 한국에서 찾아오는 순례자들이 많다는 반증이기도 하다.

"까미노에서 사소한 것이라도 짐의 무게를 덜어야 한다"며 한국을 출발할 때, 현숙샘이 챙겨 준 하얀 꽃그림 수건과, 옷가지들이 이국의 잔디밭에 널려 바람에 나부낀다. 깊은 산중 마을에 여유자적 맨발로 거니는 이방인 마리안, 바람에 살랑살랑 흔들리는 빨래가 초록정원의 풍경을 아늑하게 빚어내고 있다. 평화로움을 누리는 이 순간을 고스란히 어딘가에 담을 수 있다면 얼마나 좋을까!

가우셀모 알베르게의 오스삐딸레나의 설명을 듣는 순례자들

또다시 마을을 한 바퀴 돌고 알베르게에 돌아오자 식욕을 자극하는 맛있는 냄새가 진동을 했다. 캐시와 미국인 아드리안느 부녀가 저녁 식사를 준비하느라 부엌에서 왁자지껄 수다스럽다. 맛있는 식사를 생각하니 절로 흥이 난다는 캐시, 그녀의 콧노래가 석양에 물든 가우셀모 알베르게에 잔잔히 퍼진다. 저녁 식사 후 방에 올라가자 이탈리안 아줌마들이 요가를 하느라 대리석으로 된 바닥에 줄줄이 드러누워 야단법석이더니 손짓을 하며,

"같이 해 볼래?"라며 권한다.

"오, 노우!" 흉내조차 힘든 요가를 따라했다가 허약한 허리라도 다칠 새라, 지레 겁부터 냈다. 깐따브리아산맥의 라바날 델 까미노의 밤이 깊어가고 있다.

1,504미터의 철십자가 아래서

Rabanal del Camino - El Acebo 16km

23일째

알베르게를 나오자 구름이 흩어져 내리는 서늘한 산바람에 얼굴이 시리다. 5.5킬로미터 오르막 산길을 걷는다. 하늘에 닿을 듯, 길을 오르고 오르면 길은 또다시 하늘 끝에 잇닿는다. "아이고, 이건 산도 아녀!" 히말라야를 다녀왔다는 아저씨의 말이 무색할 만큼 기진맥진해서 걷는 동안 폰세바돈에 도착했다.

산따 까딸리나 데 소모사로부터 시작된 깐따브리아산맥을 휘감고

있는 신비로운 구름의 자태에 푹 빠졌다. 가파른 길을 헉헉대며 올라온 것을 잊게 만든 자연 앞에서 환희를 느끼는 순간, 사랑하는 사람들이 그리워진다. 이제 막 영업을 시작했는지 폰세바돈 언덕의 바르는 썰렁한 찬기운이 돈다. 그동안 파리에서부터 지니고 다녔던 파리 풍경의 엽서에 깐따브리아산맥의 감상을 담은 글을 써서 노란우편함에 넣고 언덕을 다시 오른다.

뿌에르따 이라고Puerta Irago 꼭대기 1,504미터 언덕에 오르자 흐린 하늘이 순식간에 개이고, 하늘 높이 솟은 탑이 눈앞에 모습을 드러내었다. 5미터 높이에 이르는 십자가탑이다.

가파른 오름의 폰세바돈 이정표

십자가탑 둘레에는 천년의 세월 동안 이곳을 지나간 순례자들이 고향에서 가져온 돌을 십자가 아래에 놓는 전통에 따라 쌓여져진 돌들이 높은 탑을 이루고 있다. 처음 세워진 십자가는 참나무로 만든 십자가로써, 현재는 아스또르가에 있는 가우디의 주교궁이었던 까미노박물관Museo de los Caminos에 소장되어 있다. 바이크라이더 청년은 돌에 새겨진 글을 읽느라 무척 진지하다. 혹 까미노를 먼저 다녀간 친구의 메시지가 새겨진 돌을 찾고 있는 것은 아닌지, 십자가탑에 올라 뭔가를 찾느라 한참 수선을 떨던 서양 처자처럼 말이다.

점점 순례자들이 몰려들자 관심이 집중된 십자가탑을 지나 만하린으로 향했다.

뿌에르따 이라고의 십자가탑

사람들이 떠나간 마을은 폐허에 가깝다. 낡은 오두막이나 다름없는 만하린Manjarin 알베르게. 언젠가 이 언덕에서 하나뿐인 알베르게가 사라질 수 있다는 아쉬움인지 순례자들이 만하린 알베르게에 들러가며 자국에서 가져온 국기를 꽂아 놓아 다양한 국기들이 알록달록 펄럭인다. 만하린 알베르게가 존폐 위기에 놓인 것처럼 까미노의 바르와 알베르게 등이 없어지기도 하고, 신설되기도 하는 까미노의 가변적인 상황을 감안해야 한다.

까미노를 안내하는 책의 유력한 저자들은 발빠르게 개정판을 내놓아 순례자들에게 최신의 정보를 제공하려고 애를 쓰고 있다. 여기까지 오는 동안, 도로공사 중인 곳과 새로이 다리가 놓이는 것을 보았다. 기존의 고전적인 순례의 루트가 점점 훼손되고 있다는 안타까움이 들기도 한다. 까미노가 단순히 순례자의 정서를 고려하기 보다, 관광상품으로 취급되는 것 같아 아쉬움이 생기는 대목이다.

레온에서 사설 알베르게를 찾아 흩어졌던 스페인 처자들을 만하린에서 다시 만났다. 금방 땀으로 범벅이 되는 까미노에서도 항상 흰셔츠를 입는 멋쟁이들이다. 닮은 얼굴 때문에 그녀들이 자매인 줄 착각하게 되는데, 그녀들은 절친한 친구 사이로 함께 순례 여행을 하는 중이다. 스페인 그녀들과 인사를 나누고 흩어져 홀로 걷는다.

"부엔 까미노!"

바위가 부서져 내리는 급경사의 돌길은 오르막에서보다 훨씬 위험하다. 자칫 발을 잘못 내딛다가는 배낭의 무게 때문에 굴러 떨어질 위험과 몸이 휘청거릴 정도로 거칠게 불어대는 바람이 조심스럽다. 만하린 이후 사람들은 까미노에 나란히 있는 포장도로를 택했지만 포장된 도로에서 유독 발의 통증을 느끼는 나는 선택의 여지없이 거친 산길을 따라 걸었다.

산길은 부숴진 바위 조각으로 너덜대어 끝없이 하늘과 잇닿은 길이다. 깐따브리아산맥은 라 파바에 이르기까지 이어질 것이다. 다행히 멀지 않은 곳에 마을이 내려다보인다.

아담한 회색기와 지붕이 정갈한 엘 아세보다. 점차 사람들이 큰 도시로 떠나는 일은 어느 나라에서나 일어나는 현상이니, 이 마을이라고 예외는 아닌 것 같다. 마을의 쇠락이 눈에 보일 정도인 작은 마을

만하린 알베르게 앞

엘 아세보El Acebo이지만 소박한 돌집의 나무 테라스마다 옹기종기 꽃바구니들을 걸어 놓아 순례자들의 지친 마음에 위로를 주는 것 같다. 자연에 순응하면서 아름다움을 잃지 않고 살아가는 엘 아세보 주민들의 따뜻한 마음이 읽혀진다. 예쁜 마을의 풍경을 추억으로 담아가기에 충분하다.

말을 타고 순례를 하는 한 무리가 지나가고, 캐시가 아세보를 아직 지나가지 않았기를 기대하며 바르에서 머물고 있는 동안, 크리스틴과 다른 순례자들은 몰리나세까로 가기 위해 배낭을 다시 짊어졌다.

구름이 낀 흐린 하늘과 바람마저 세차게 불었다. 하지만 8킬로미터 두 시간 거리의 몰리나세까Molinaseca까지 걷기에는 안성맞춤인 날씨

작은마을 엘 아세보 입구

다. 바르에서 조우한 캐시와 마을을 돌며 알베르게를 찾았지만 마땅한 곳이 없어 앞서간 사람들을 따라 몰리나세까지 가기로 했다. 다행히 마을 끝에서 오뗄을 겸하는 까사 델 뻬레그리노 알베르게를 찾았다. 산아래가 한눈에 내려다보여 전망이 무척 아름답다.

새롭게 문을 연 이 알베르게는 순례자에게는 호사에 가까운 수영장까지 갖추고 있다. 하지만 물놀이하는 사람들을 부러워하며 뛰어들 수 없으니 안타까운 마음에 캐시와 나란히 앉아 콜라만 열심히 축내고 있다. 다시 한번 까미노를 걷게 될 기회가 온다면, 수영복 무게쯤 겁내지 않고 수영복을 배낭에 넣어올 수 있을까?

엘 아세보를 통과하고 있는 승마 트레킹

가끔 내 자신에 대해 실소를 금할 수가 없다. 아무 생각없이 사는 사람처럼 실수를 하니 말이다. 샤워를 하고 나온 나를 보는 캐시가 키들키들 웃음을 참는다. 위를 쳐다보란다. 도대체 그녀를 웃게 만든 것은 뭔지, 아뿔싸! 남자 샤워실이었다. 콧노래까지 불러가며 샤워를 마치고 나온 곳이 남자 샤워실이라니, 어이없음이다. 나의 이런 어리버리함을 잘 모르는 사람들은 홀로 배낭여행을 하는 야무진 여자라고 믿지만 나는 허당 마리안이다.

"마리안 덕분에 한바탕 웃는다"며 입가에 웃음기가 사라지지 않는 캐시는 테라스를 야영모드로 바꿔 놓았다. 아래층 마당까지 오르내리지 않기 위해 줄 하나로 지그재그 빨랫줄을 만들어 세탁물을 주렁주

까사 델 뻬레그리노 알베르게의 수영장

렁 걸쳐 놓은 것이다. "걸스카우트 스타일 같은 걸" 하자, 끄덕끄덕~ 나의 눈에는 캐시 그녀가 여자 맥가이버로 보인다.

월요일이 시작되면 재빨리 토요일이 찾아오고, 시간 흐름이 나이와 같은 속도로 내달리는 것처럼 쫓긴다. 도시생활에 지친 나를 위로해 주는 까미노에서의 시간이다.

살바도르 달리의 ≪기억의 지속≫이라는 그림 속 시계, 느릿느릿 엿가락 늘어지듯 흘러가는 까미노의 시간은 조급함도 긴장도 한방에 날려버린다. 저녁 식사를 위해 함께 모인 몇몇의 사람들. 순례자 아저씨의 바리톤음색의 미니콘서트를 즐기는 동안 고즈넉한 엘 아세보의 밤이 클래식 모드로 전환되고 감성적인 무드에 깊이 빠져든다.

중세의 아름다움 몰리나세까
El Acebo - Ponferrada 19km

24일째

평소보다 늦은 아침에 여유있게 일어났다. 긴 수면 덕분에 거친 산을 오른 다리의 뭉친 근육이 풀렸던지 온몸이 한결 가뿐하다.

오롯이 내리막의 산길을 가야 하는 오늘 아침은 천천히 배낭을 챙긴다. 여느 때 같으면 길 위에 있을 시간이지만, 산속에서의 아침은 안전을 위해 조금 더디게 시작한다. 비가 올 듯 말 듯하다. 산등성이를 타고 승승거리는 스산한 바람이 차다.

깐따브리아산맥의 엘 아세보에서 리에고 데 암브로스Riego de Ambros 까지 가파른 바위 틈을 내려간다. 리에고 데 암브로스로 가는 산은 10 년 전 났던 큰 산불의 여파로, 여태껏 원상회복되지 못하고 새까맣게 탄 나무들이 그대로 있어 음산하기까지 한데, 계곡에서 불어오는 바 람조차 황량함을 부추겼다. 계곡 아래에는 밤나무 숲길이 이어졌고 여전히 가파한 걸음을 내딛을 때마다 조심스럽다.

큰 나무들로 빽곡하게 숲을 이룬 우리나라의 산을 생각하면 상상하 기 힘든 독특한 산이다. 산을 오르는 것보다 내리막길에서 부상을 입 는 경우가 많아 긴장을 늦출 수가 없다. 하지만 제아무리 힘든 길이라 도 끝이 있다는 게 얼마나 다행인지…….

리에고 데 암브로스로 가는 캐시아줌마

몰리나세까 도로에 내려서서 보수 중인 교회를 끼고 내려가자 왼쪽으로 산 니꼴라스 데 바리교회의 지붕이 보이고 때를 맞춰 태양은 산등성이를 타고 몰리나세까의 마을을 비추었다. 마루엘로Rio Maruelo 강물에 비친 다리와 건물들은 환상적인 그림을 연출해냈다. 중세의 분위기를 고스란히 간직한 마을 곳곳이 너무도 아름다워 말을 잇지 못하고 연신 감탄사를 연발했다.

"판타스틱! 판타스틱!"

아름다운 몰리나세까에 오래 머물지 못했다. 몇 장의 사진을 찍고 바르에서 조우한 크리스틴과 짧은 인사를 나누고는 아쉬운 마음으로 걸음을 재촉했다. 마을 끝에 이르자 곧장 포장도로로 이어진 까미노를 걸었다. 캐시가 어느새 뒤따라왔다.

그녀와 나는 멀리 뽄페라다가 보이는 두 갈래 길에서 왼쪽 길을 따라 내려갔다. 한 시간 반을 더 걸어야 하고 깜뽀Campo를 거쳐 가는 길이다. 도중에 있는 로마시대에 세워진 수조Fuente Romano를 보고 싶다는 캐시와 깜뽀로 가는 길로 내려가다 마을 입구에서 까미노 이정표를 벗어났다. 뒤따라오던 순례자는 잘못된 길이라면서 자신을 따라오라고 손짓을 한다.

"잠시 들렀다 갈 데가 있어요."라고 캐시가 소리쳤다.

노란화살표를 벗어나 2백미터쯤 걸어 들어갔다. 현재는 식수로 사용하지 않는다는 로마노 우물의 계단을 내려가자 거미줄과 날아다니는 벌레들과 뚝! 뚝! 떨어지는 물방울이 내는 소리만 들어도 으스스하

고 괴기스러움을 더하는데 로마노 우물을 더 가까이에서 보겠다고 어
둑한 계단을 더 내려간 캐시는 옛 우물곁에서 오래도록 머물렀다. 우
물이라기보다 식수를 공급했던 수원이었던 것이다.

중세에 유대인들이 거주했다는 깜뽀를 지날 때, 대문에 피어있는
무궁화를 보자 가족을 만난 것만큼이나 반가움에 폰카부터 꺼내드는
나는 어쩔 수 없는 한국인이다.

뽄페라다로 들어가는 길은 가로수가 없는 아스팔트길을 따라 도시
로 들어가야 한다. 아스팔트길에서 올라오는 복사열에 부르튼 발바닥
은 내딛을 때마다 아프다고 아우성인데, 쉴 데가 마땅치 않아 캐시아
줌마도 나도 말없이 걷기만 한다.

산중턱을 차고 오른 태양이 마루엘로강에 아름다운 그림을 복사해 냈다

보에사강을 가로지른 마스까론Mascaron 다리 끝에서 왼쪽으로 산 안 드레스거리로 올라가다 오른편으로 거대한 뽄페라다 템플기사단성, 까스띠요 델 로스 뗌쁠라리오스Castillo del los Templarios이다. 캐시가 스페인어를 발휘해 성벽에 있는 여행자 안내소에서 오늘 밤에 있을 특별한 축제에 대한 안내를 받았다.

반가운 이탈리안 부부를 만나 바르에서 커피 한 잔을 함께하며 숙소를 어디로 정할 것인가 궁리 중이다. 그들은 밤에 있을 축제를 편안하게 즐기기 위해 뽄페라다 성문 앞 오뗄에 짐을 풀었다. 나와 캐시는 뽄페라다성을 지나 다리를 건너 산 미겔San Miguel 오스딸에 짐을 풀었다. 캐시의 안내로 뽄페라다를 구경하고 아웃도어 매장에서 샌들까지 샀을 때, 등산화를 벗을 수 있게 된 것이 얼마나 기뻤던지 벌써부터 발이 쾌재를 부르는 것 같다. 샌들을 신고 고마워하는 내 모습에 캐시는 덩달아 좋아한다.

뽄페라다 시청으로 이어지는 렐로흐거리의 시계탑을 통과했다. 템플기사단 축제가 시작되는 시청 광장에 줄지어 있는 레스토랑에는 축제를 즐기려고 몰려든 사람들로 가득찼다. 템플기사단으로 분장한 남녀들이 말을 타고 광장에서 퍼포먼스를 한 뒤 행진을 하자, 중세 분위기에 고무된 사람들의 응원이 보태졌다. 뽄페라다성은 밤이 되자 축제의 절정에 이르렀다. 환하게 불을 밝힌 뽄페라다성 안에서, 촛불을 든 사람들과 무리들이 중세의 템플기사들이 살아서 돌아온 듯, 실감나는 재현식을 했다. 영화에서나 볼 수 있는 장면을 눈앞에서 보고 있노라니 뽄페라다에서 템플기사단에 대한 호기심에 흥미진진해진다.

캐시와 성을 내려오다 올려다 본 밤하늘에는 별들이 금방이라도 우수수 쏟아질 듯 총총하다. 타임머신을 타고 중세에 와 있는 것 같은 뽄페라다의 밤이 깊어간다.

존재하는 모든 것은 소중하다
Ponferrada - Villafranca del Bierzo 23.5km

25일째

까미노는 대성당이나 무니시빨이라고 불리는 공립 알베르게를 따

뽄페라다의 템플기사단성

렐로흐거리의 시계탑

라 루트가 이어진다. 노란화살표를 벗어난 위치에 숙박을 하게 되는 경우 도시를 빠져나가는 출구를 사전에 확인해야 하는 까미노의 수칙을 잊었다.

어젯밤 뽄페라다성에서 템플기사단 재현식에 참여하고 기억에 남는 멋진 밤을 보냈지만 막상 산 미겔 오스딸을 나온 그녀와 나는 노란화살표를 찾지 못해 무척 당황했다. 인적이 없는 이른 시간이라 노련한 캐시도 좀 놀란 듯, 차도까지 내려가서 운전자에게 물어 까미노로 이어지는 방향을 잡았다. 그러나 도심 외곽의 까미노 출구에 이를 때까지 반신반의하며 걸었다. 노란화살표가 순례자에게 얼마나 중요한 이정표인지 새삼 깨닫게 해 준다.

밤에 열리는 템플기사단 축제

도시를 완전히 벗어나기 전에 이미 9시가 되어 가고, 태양은 뜨겁게 달아오르고 있다. 소나기라도 뿌려 주면 좋으련만, 비가 올 기미가 전혀 없다. 체질상 추위보다 더위를 더 잘 견뎌내는 나에게도 훅! 뜨거운 신음이 나오는 용광로 더위다.

바르에 먼저 도착해 있던 캐시는 쉬어 가라는 손짓을 하지만 쉴 생각조차 하지 못하고 끝없이 이어진 포도밭을 따라 걷는다. 포르투갈에서 건너온 사람들이 살았다고 해서 유래된 꼴룸브리아노스Columbrianos의 산 에스떼반교회를 지나 30분쯤 걸었다.

푸엔떼스 누에바스Fuentes Nuevas 마을의 교회 입구에서 할머니들을 만났다. 순례자들에게 세요를 찍어 주는 할머니의 해맑은 미소에 반

푸엔떼 누에바스교회의 자원봉사 할머니의 미소

해 버렸다. 사진 한 장을 찍겠다고 부탁을 드렸다. 흔쾌히 포즈를 취해 주신 할머니들의 미소는 땡볕에 지친 마음을 시원하게 해준 청량제가 되고도 남음이 있었다.

깜뽀나라야Camponaraya의 도심, 작은 텃밭에 가지런히 추수해 놓은 자색감자와 땀흘리고 있는 농부의 사진을 찍기 위해 멈췄다. 멈칫하는 나를 발견한 농부아저씨는 물이 필요하면 받아가라며 환한 미소를 지었다. 아마도 물이 필요한 줄 아신 모양이다. 아저씨의 허락을 받아 사진을 찍고 물통 한가득 시원한 물까지 채우고 간다.

초록포도밭이 지천인 풍경도 뜨거운 더위에 지치자 무덤덤해져 버

깜뽀나라야 도심의 농부

린 가운데 포도 밭이랑에서 빨간장미를 발견했다. 포도원 농부의 남다른 감성인 줄 알고 온갖 상상력이 증폭되었지만 그게 아니었다. 포도원에 심겨진 장미는 포도나무와 비슷한 습성을 가지고 있어서 나무의 건강상태를 모니터링하는 파수꾼인 셈이다. 로맨틱한 농부를 상상하다 그만 싱거워지고 말았다. 어찌됐든 까미노에서는 소소한 일에도 감동을 받고 걸어갈 힘까지 얻게 된다.

　까까벨로스Cacabelos 초입에 있는 쉼터에 이르자 그늘에 자리를 잡고 앉아 있는 스페인 고등학생들을 만났다. 방학이 되면 과제를 해결하기 위해서나 자신들만의 순례여행을 떠나오는 십대청소년들이다. 까미노에서 그들을 만날 때마다 부러운 마음을 감출 수가 없다.

까까벨로스 쉼터

막 쉼터를 떠나는 순례자들과 인사를 나누고 돌아서는데, 분수처럼 콸콸 쏟아지던 물줄기가 멈춰 버렸다. 얼마 지나지 않아 달려온 작업복의 두 남자가 열심히 수리를 하는가 싶더니, 물은 나오지 않고 안되겠다는 듯 고개를 갸우뚱하고는 그냥 가버린다. 뒤따라오던 순례자들이 수도꼭지를 몇번이고 비틀어보다가 그냥 가던 길로 돌아나갔다.

샘물을 만난 김에 발을 식혀 가려고 했는데 왜 하필 물이 끊겨 버린 것인지 야속하다. 그나마 물통에 마실 물이 남아있기에 망정이지 낭패를 볼 뻔했다. 일단 등산화를 벗었다. 달아오른 발을 식히지 않으면 안 될 만큼 발가락 뼈마디마디가 욱신거렸다. 등산화를 벗을 땐 당장 살 것 같아 시원하지만 다시 등산화를 신을 때가 고역이다. 까미노에서 신발을 벗는 일도 다시 신발을 신는 것조차 인내를 시험한다.

결국 물은 채우지 못하고, 터덜터덜 까까벨로스 입구에 들어서다 높은 전깃줄 위의 운동화를 발견했다. 설마 장난기 많은 누군가가 운동화를 힘껏 던진다고 저 높은 줄 위에 쉽게 걸쳐질 운동화가 아니다. 까미노에 걸맞는 콘셉트 같아서 피식 웃음이 터졌다.

까까벨로스 교회 알베르게는 쾌적한 숙소로 평이 좋았지만 한치의 아량도 없는 더위에 짐을 풀까 하다, 오늘은 비야프랑까에서 묵기로 한다. 까미노에서 행동을 하기 전 고민도 잠깐이다. 결정하고 나면 후회하면서도 앞으로 향할 수밖에 없다.

오르막이 계속되는 포도밭의 농부들이 손을 흔들어 응원을 해 준다. 한낮의 땡볕에 포도밭을 지키는 농부들에게 응원해 주고 싶은 사람은 정작 나인데 말이다. 이곳에는 큰 와인회사가 있을 정도이니 고지대의 바람과 뜨거운 태양을 견디고 있는 포도가 좋은 열매를 맺을 것이라는 짐작을 해 보면서 포도나무에게도 격려를 보낸다. 사람뿐만 아니라 생명이 있는 존재는 좋은 열매를 맺기 위해서 필연적으로 시련과 고통이라는 두 개의 요소를 통한 훈련의 시간을 통과해야 하는 것이 정해진 이치인가 보다. 사람도 시련과 연단의 시간을 지날 때, 인내로 잘 견뎌내고 인격의 성숙을 이뤄내듯 까미노에 피어난 들꽃 하나도 예사로운 생명이 아닌 것이다.

사람이 휘청댈 정도의 바람이 세차게 불어대자 상쾌함을 즐기기보다, 자동차가 내달리는 차도로 튕겨져 나갈까 봐 은근히 겁이 났다. 광장 끝에서 개천을 건너 포도밭 사이를 가다 보면 언덕 위 소나무로 둘러싸인 하얀지붕의 집을 볼 수 있다. 이 내리막길을 따라 곧장 비야프랑까로 갈 수 있었는데, 몇 명의 순례자들과 삐에로스Pieros의 갈림길에서 한눈을 팔다 표지판의 안내를 놓친 것이다. 어차피 길도 잘못 들어섰으니, 내친김에 바르에 배낭을 내려놓고, 뜨거운 까페 꼰 레체로 이열치열하며 쉬어 가련다.

좌충우돌하며 살아온 30년의 결혼생활은 등산용 스틱 하나로 대변되는 바가 있다. 사람에게 의리와 도리는, 세태가 변해도 잊지 말아야 할 중요한 덕목인데 특히 결혼생활에 있어서는 더욱 그러하다. 두 사람이 다른 환경에서 자라나 조성된 문화와 성격의 차이를 이해하고 극복하기가 쉽지 않다. 배우자와 끊임없이 갈등하며, 인내의 내공을 쌓는 것은 인생의 훈련 중, 가장 힘든 훈련의 하나이다.

요즘은 사람들이 '기쁠 때나 힘들 때나 파뿌리가 되도록'이라는 주례사를 비웃기라도 하듯, 힘든 갈등 상황에서 이혼을 선택하는 것이 낫다고 생각하는 풍토가 안타깝다. 부부는 연애 감정이 아닌, 의리와 도리로 서로를 세워 주고 인내할 때, 결국 그것은 자기 인생의 성숙을 이루어내는 길이다. 현대인들은 인간관계의 어려움을 하소연한다. 의리와 도리는 진정한 사랑이다. '의리'라는 단어는 조폭들이 쓰는 말이 아니다. 인생이라는 거친 까미노에서, 나와 다른 사람과의 관계 를 의리와 도리로 잘 지키고 살아갈 수 있는 사람이야말로 인생의 진정한 성공자라고 말할 수 있겠다.

까미노에 지팡이가 꼭 필요하다는 사람과, 필요하지 않다는 사람의 의견이 분분할 때, 나는 생장피에드포르를 출발하면서 등산용 스틱을

까까벨로스의 낀따 안구스띠아스 교회와 알베르게

샀다. 별별 형태의 까미노에서 등산용 스틱을 의지하여 아득하게 느껴지는 길을 걷기도 했다. 그러나 포장도로를 걸을 때는 배낭에 매단 스틱의 무게마저 거추장스러워, 버릴까도 생각했지만 남은 여정에 어떤 길을 만날지 알 수 없으니 들고 가기로 한다.

순례가 끝나면 등산용 스틱을 마드리드의 순례자 민박에 두고 올 예정이었다. 하지만 까미노에서 헌신한 스틱을 무심히 떨궈 놓고 한국으로 돌아갈 수 없을 것 같다. 혹 마음이 엷어져 남편에 대한 고마움을 잊고, 야속한 마음이 들때, 스틱을 보면서 까미노에서 품었던 남편에 대한 고마운 마음을 꽉 붙들리라. 지금껏 인생의 까미노를 함께 걷고 있는 남편이다. 가족을 위해 헌신했던 날을 잊지 않으리라, 다짐하게 되는 까까벨로스 바르에서의 단상이다.

비야프랑까 델 비에르소의 알베르게

오래전 비야프랑까 델 비에르소Villafranca del Bierzo에는 8개의 수도원과 많은 알베르게가 있었다. 무시무시한 전염병으로 대부분의 주민들이 죽기도 했지만, 프랑스와 영국이 번갈아가며 무자비한 약탈을 함으로써 피폐해진 역사의 흔적이 있는 곳이 비야프랑까 델 비에르소이다. 현재는 오래된 건축물을 보려고 오는 사람들로 인해 활기를 띠고 있음을 증명이라도 하듯 순례자들을 비롯하여 많은 관광객들로 붐볐다.

까미노에서 먹고 마시는 것은 한결같이 맛있다. 심지어 콜라 한 잔까지도 통쾌한 시원함을 준다. 몸도 마음도 죄다 비우고 걷는 길에서 무엇인들 족하지 않으랴! 비야프랑까에 머물지 다음 마을까지 갈 수 있을지 광장 레스토랑에 앉아 몸의 컨디션을 살피는 중이다.

고클뤼니아꼬의 산따 마리아교회

부르비아강을 가로지르는 다리를 건너서

비야프랑까의 초입에서 부르비아Burbia강의 다리를 건너 50미터 즈음, 포장도로와 돌담이 쌓인 갈림길에서 올라가면 까미노다움을 만끽할 수 있는 쁘라델라Pradela 봉우리를 향해 가는 힘든 길이다. 낭만적인 정취를 즐기고 싶다면 이 길을 따라 뜨라바델라까지 갈 수 있다.

다리를 건너 마을 끝에 있는 삐에드라 사설 알베르게에 짐을 풀었다. 젊은부부가 순례자들과 소통을 잘하는 곳으로 순례자들에게 알려져 있어 까미노를 세 번째 찾은 캐시 덕분에 찾아온 곳이다. 젊은 안주인이 뽄페라다에서 산 유심카드 설정을 잡아 주었다. 당분간 데이터 걱정없이 까미노에 대한 기록을 남길 수 있게 되어 만족스럽다.

똥파리들과 함께 춤을

Villafranca del Bierzo - La Faba 25km

부지런한 다수의 순례자들이 떠나고 몇 개의 빈접시들이 테이블에 놓여져 있다. 평소보다 조금 늦은 시간이다. 삐에드라 알베르게 안주인이 만들어 준 토스트를 먹고 길을 나섰다. 삐에드라 알베르게가 까미노 출구 맨끝에 있기도 해서 포장도로를 따라 뻬레헤를 거쳐 뜨라바델로까지 쉬지 않고 걸었다. 아침의 컨디션이 제아무리 좋아도 해발 6백 미터의 아스팔트길을 걷는다는 것은 여전히 힘이 들어서 말없이 걷느라 도중에 누군가를 만나도 건성건성 인삿말을 건네었을 뿐이다.

엘 뿌엔떼 뻬레그리노 알베르게 입구에 캐시가 팔짱을 끼고 서 있다. 뜨라바델로에 있는 바르의 건물벽에 펄럭이는 태극기에 눈을 돌릴 틈도 없이,

"마리안 바르에서 기다린 지 한참이야." 캐시의 볼멘 목소리다. 여기 오기 직전의 바르 화장실 앞에서 캐시가 뭐라뭐라 했던 말인 즉, 뜨리바델로 바르에서 만나자는 것이었다. 엘 뿌엔떼 뻬레그리노 바르에 태극기가 꽂혀있는 것을 아는 캐시가 한국인 나에게 깜짝 보여주고 싶었던 것이다. 그런 그녀의 배려를 알지 못한 채 그녀가 앞서 가겠다는 줄 알고 한참 만에 내려왔으니 애태우며 나를 기다린 그녀에게 면

목이 없다. 네덜란드인이 운영하는 바르인데 무슨 사연으로 태극기를 설치해 놓았는지 궁금증이 더해져 자리를 비운 주인장을 기다렸지만 바르 주인이 나타나지 않아 결국 길을 나섰다. 내가 고대하던 문어요리, 뿔뻬리아를 먹을 수 있었던 바르였는데 내내 아쉬움이 남았다.

뜨라바델라 이후 올라갈 일만 남았다. 깐따브리아산맥에 있는 작은 마을 몇 개를 지나 베가 데 발카르세·루이뗄란까지 걷고 있다.

오늘은 20킬로 미터쯤 짧게 걸어야지, 했다가도 장거리를 걷는 경우가 있다. 물론 나쁜 상황에서 어쩔 수 없이 걸어야 할 상황이라면 끔찍한 일이다. 걸을 힘을 얻은 경우라면 유쾌함이 더해지는 까미노다.

루이뗄란 계곡의 망중한

루이뗼란Ruitelán을 지날 무렵, 산에서 내려오는 맑은 냇물을 보니 발을 담그고 싶어졌다. 마침 걸터앉기 좋은 넉넉한 공간이 있어 웬 떡인가 싶어 훌훌 등산화를 벗었다. 산 마르띤 수로에 담근 발이 어마무시하게 시렸던 기억 때문에 물속에 살그머니 발을 담갔지만 악! 소리나게 시린 것은 여전했다. 발이 끊어져 나갈 듯 아프다. 한참 뒤 열이 빠져나가고서야 얼얼하던 발의 감각이 되돌아왔다.

"올라"

"차오"

지나치려던 이탈리안 아줌마들도 나무 그늘을 찾아 앉았다. 신발과 양말을 벗고 물속에 발을 담금과 동시에 으악!~ 비명을 질러댔다. 동행한 순례자들도 그녀들의 비명에 웃음보를 터뜨린다. 찬물에 발을 담가 열기를 쏙뺀 덕분에 회복된 발은 7킬로미터를 룰루랄라~ 콧노래까지 곁들여가며 걷는다.

메세따를 벗어나 갈리시아지방으로 이어지면, 산간마을 까미노에서 아주 성가신 것이 똥파리다. 더운 날씨에 땀에 젖은 얼굴에 엉기는 이 녀석들은 염치없이 얼굴을 스치면서 날아다닌다. 똥파리와 가축분뇨 그리고 베드버그는 여름 까미노의 3대 난적이다. 그러나 똥파리 입장에서 보면 여기를 지나가고 있는 내가 불청객이자 성가신 존재로 여겨질 것 아닌가? 아무리 귀찮게 하는 벌레라지만 똥파리 입장에서 생각해 보면 짜증이 누그러진다. 똥파리에게서 역지사지를 떠올리니 끊임없이 달려드는 녀석들이 한결 덜 성가시다. 고된 산길을 제법 많이 걸었다.

한 구간을 더 걸을 수 있는 무난할 여력이 있었지만 여유 있게 쉬어 갈 마음으로 짐을 풀었다. 발에 걸리는 게 가축똥인 아주 작은 산간 마을 라 파바La Faba 마을이다.

채식주의자로 알려진 알베르게 주인의 취향 탓인지 실내 분위기가 온통 인디풍이다. 내부는 들쑥날쑥 쌓아진 돌의 형태가 그대로 드러나 있고 나무침대가 위태롭게 천장에 매달려 있다. 잠자는 중에 침대가 그대로 떨어질까 무서워서 잠이나 제대로 잘 수 있을지 심히 걱정스럽다. 이런 와중에 주인장은 빈 침대 아무 곳이나 편한 곳을 택해 짐을 풀라고 한다. 워낙 작은 마을인데다 두 개의 알베르게가 협소하여 이 시간에 한꺼번에 몰려들 순례자가 없을 것을 아는 모양이다.

라 파바 사설 알베르게에서 저녁 식사를 즐기는 순례자들

갈리시아지방

산띠아고 데 꼼뽀스뗄라 대성당이 있는 갈리시아지방은
4개의 자치구가 있으며 켈트인의 혈통으로 알려진
갈리시아인은 금발과 녹색눈이 특징이며, 그들이 사용하는
갈리시아어는 스페인어보다는 포르투갈어에 가깝다.
1978년에 스페인의 자치지역으로 인정받았으며
갈리시아인과 스페인·포르투갈인이 거주하고 있다.
순례자가 향하는 산티아고 데 콤포스텔라는 10세기에 사도 야고보의 유해가
발견된 후, 세계 3대 성지 중 하나가 되었다

공중에 매달린 침대보다 높다란 이층침대에서 자는 게 훨씬 안전해 보인다. 샤워실겸 화장실도 난감하기는 마찬가지다. 알베르게 환경이야 어찌되었든 순례자들을 위한 저녁 식사를 위한 식탁은 스페셜하게 제공되었다. 주인장이 만들어내는 음식의 맛에 박수를 쳐주고 싶다. 식탁에 둘러앉은 순례자들은 독일에서 온 아저씨가 각자의 접시에 덜어 준 음식을 입에 넣기 바쁘게 "딜리셔스!"를 연발했다. 산골마을 라파바에서 대단한 밥상을 받고 가는 순례자, 오늘 하루도 어메이징한 까미노이다.

순례자상을 지나 갈리시아지방으로

La Faba - Triacastela 26.5km

27일째

어젯밤을 다른 알베르게에서 묵고 올라오고 있는 크리스틴과 합류하여 걸었다. 풀숲은 이슬이 대롱대롱 맺힌 꽃들로 싱그럽고 새들이 영롱한 노래로 맞아 주는 산길이다. 거대한 하얀구름이 계곡을 타고 흘러내리는 형상은 마치 신이 내려오듯 위엄이 있어 신성하기까지 하다. 침묵하며 걷는 순례자와 자연이 교감하는 산속의 아침은 형언할 수 없는 감동으로 밀려온다.

구름이 산허리까지 내려온 좁은 길에서 마주한 덩치 큰 소떼가 순한 눈망울로 나를 경계하느라 멈칫멈칫하고,

"이랏! 쯧쯧!~" 목동이 채근하자 나를 피해 눈을 꿈뻑이며 가장자리

로 바짝 붙어서 걷는다. 워낭이 딸랑딸랑 소리를 내고 어린 녀석들은 움찔하여 꼼짝 않고 서 있다.

"애들아, 어서 가. 나는 너희들이 무섭단다."

슬금슬금 소떼가 지나간 뒤를 돌아보니 한 남자가, 흙먼지 뽀얀 소떼 사이를 유유히 가르며 오고 있다. 소떼도 피하지 않고 가축 분진을 뒤집어쓰는 걸 겁내지 않다니 오! 진정 순례자의 포스가 느껴진다. 이곳은 무른 똥을 피해 요리조리 걸어 봐도 도무지 똥의 길은 끝나지 않는다. 길을 걸을 때 풀썩대는 흙먼지의 대부분은 가축똥이 말라서 된 분진일 것이다. 무른 똥과 마른 똥의 차이일 뿐, 뭐가 다르랴.

까스띠야 이 레온과 갈리시아지방을 구분하는 경계석

똥가루를 마시든 무른 똥을 밟든 개의치 말자. 소똥 말똥 정말 퍼질러져 있다는 표현이 적절한데 동네방네 똥을 피할 데가 없다.

소들이 많기도 하지. 소의 덩치는 또 얼마나 크던가!

심마니같이 며칠째 산속을 오르고 있는데 오늘은 고사리의 향이 진동하는 산길이 이어지고 있다. 까미노에서 풀 한 포기도 함부로 하지 않겠다는 다짐을 깨고 이곳을 기억하고 싶은 마음에 몇 가닥의 고사리를 꺾었다.

"고사리여, 미안하구나"

까스띠야 이 레온의 경계석을 지나 돌담길을 끼고 오른쪽으로 오르자 오세브레이로다. 갈리시아지방의 첫 마을이다. 피레네산맥도 넘었고 오르막을 처음 오르는 것도 아닌데 오를 때마다 온 힘을 다해서 올라가야 하니 어쩜 이리도 인생길과 똑같으냐. 아휴, 힘들다!

오세브레이로O'Cebreiro는 성체와 성배의 이야기로 시작해서 로마시대 이전부터 이어온 전통과 빼어난 자연경관이 아름다운 마을이다.

9세기에 건립되어 1960년대 복원된 까미노에서 제일 오래된 산따마리아 라 레알교회는 로마가톨릭인 순례자들이 반드시 돌아보고 가는 마을이다. 레알교회는 아침 해를 등지고 있어 어둠의 그림자가 처연하게 드리워져 있다. 교회로 들어가는 순례자들을 뒤로하고 바위들이 바스러져 쏟아진 돌무더기의 불편한 산길을 한 시간쯤 내려갔다.

산 로께 고갯마루에서 산 아래를 향해 지팡이를 딛고 서 있는 순례자상이 보이자 도로를 건넜다. 거칠게 불어대는 바람에 날리는 모자를 움켜쥐고 멀리 마을을 바라보고 있는 순례자상이다. 마치 "저기 기다리던 마을이다. 두려워하지 말고 가라!" 외치며 순례자 야고보가 등을 떠미는 것처럼 느껴진다. 옛 순례자들이 봇짐을 지고 지팡이 하나에 몸을 의지해 험한 산 로께Alto do San Roque 고개를 넘어갔으리라.

갈리시아지방의 까미노에서 가장 높은 1,335미터의 뽀요Poio고개의 바르에서 캐시와 싱가포르의 여학생들을 만나 잠시 쉬는 동안 불편한 발목을 살폈다. 계속된 고도의 산길을 걷느라 근육 통증 뿐 아니라, 인대 부상에 대한 위험도가 높아지고 있다. 폰프리아 알베르게를 지나

산 로께 고개의 순례자상

비두에도Biduedo까지 높은 고도가 유지되다가 갑자기 가파른 내리막길이 계속되었다. 갈리시아 특유의 돌집으로 된 작은 마을을 지날 때 수레를 끄는 할머니와 할아버지를 만났을 뿐, 까미노의 산간마을은 사람이 살지 않는 것처럼 아주 조용하다.

  남녀가 부둥켜 안고 있는 형상의 오래된 나무가 마을 입구에서 맞아주고 있는 라밀Ramil을 지났다
  한 시간쯤 내려간 뜨리아까스뗄라는 중세의 분위기를 느낄 수 있는 동네지만 옛 모습을 볼 수 있는 유적은 찾아보기 힘들다. 마을 입구 바르에서 사설 알베르게를 안내를 받고 미련스럽게 마을 끝에 있는 알

라밀의 재미있는 형상의 나무

베르게를 찾아가는 중이다. 공동묘지의 가운데 있는 독특한 교회산띠아고 로만시아교회Iglesia Romanica de Santiago. 복음서를 들고 있는 야고보 성인의 상이 있는 로만시아교회를 진지하게 둘러보고 있는 순례자들은 이 교회의 중요한 의미를 이해하는 듯하다.

나는 오로지 쉴 곳을 찾아 뜨리아까스뗄라에 도착한 탓에 보이는 것마다 건성이다. 까미노의 구간별 특징을 제대로 파악하지 않고 길을 나섰다. 발목에 통증이 생기자 당황해서 노래를 부르며 신나게 걸었던 오전과 달리 마음의 여유를 잃고 말았다. 쉴 수 있는 알베르게를 찾아 뜨리아까스뗄라Triacastela까지 내달리어 온 게 무리였던지 고단하기 짝이 없다.

산띠아고 로만시아교회

까미노의 구간 도중에 쉴 수 있는 바르와 알베르게가 없거나 드문드문 있을 수 있다. 특히 산길이 계속되는 깐따브리아산맥 구간이나 갈리시아지방은 평원을 걷는 것과 차원이 다르다. 오늘처럼 몸의 부상이 생기면 고통을 무릅쓰고 쉴 곳을 찾아 무작정 걷느라 평소보다 몇배의 고통이 가중되기도 한다. 아침에 알베르게를 나서기 전에 확실하게 정보를 확인하고 까미노 구간의 특성과 내 몸의 상태를 점검했어야 하는 것이다.

까미노 출구에 있는 베르쎄 도 까미뇨Berce do Caminho 사설 알베르게에 짐을 풀었으니 일단은 발목의 통증이 진정되기를 기대해 본다.

건강앱이 알려 준대로라면 깜짝 놀랄 수준이다. 41,300보를 걸었다. 평소보다 체력의 한계를 느낄 만하다. 뜨리아까스텔라 입구에서 소개를 받은 알베르게를 찾아오다 보니 마을 끝, 까미노 출구에 방을 구한 셈이 되었다. 할머니 한 분과 흥이 지나치게 많은 스페인의 젊은 아줌마들과 같은 방을 쓰게 되었다.

도대체 구글맵을 가지고 뭔 짓을 한 거야!

Triacastela - Sarria 25.1km

3일째

베르쎄 도 까미뇨 알베르게를 나서 간단한 아침을 먹기 위해 바르에 들어서자, 지난밤 한방에 묵었던 아줌마들이 손을 흔든다. 그녀들의 요란한 수다가 밤늦도록 계속되어 쉬이 곯아떨어져 자는 나마저 잠을 설치고 말았다. 옆 침대의 할머니도 끙끙~ 힘들어 하시던 걸.

미안한 줄은 아는지 넉살 좋게 인사까지 하네. 토스트와 오렌지주스 한 잔을 마시고 마을 입구 두 갈래 길에서 왼편의 아스팔트 도로를 따라 걷는다. 사모스Samos로 가는 길이다. 갈리시아의 아침은 여전히 쌀쌀하고 춥다. 큰바위산을 끼고 한 시간 반을 걷자 까미노는 울창한 숲으로 길이 이어졌다. 아침 숲에는 구름이 머물러 앉았고 맑은 물소리와 재잘거리는 새들의 소리는 숲에서 뿜어져 나오는 향기와 어울려

요정들이 날아다닐 것 같은 환상의 풍경이 펼쳐졌다. 구름이 내 몸을 서늘하게 감을 때의 감촉은 살아있는 어떤 무엇이 터치한 것처럼 전율이 일었다.

"어메이징! 어메이징!"

저절로 탄성이 터져 나온다. 까미노에서 가장 아름답다는 사모스를 거쳐 사리아로 가는 길이다.

콧노래를 부르며 모퉁이를 돌자마자 나의 환상을 깨뜨린 하인즈 할아버지와 힐데 할머니와 맞닥뜨렸다. 독일에서 온 하인즈 할아버지는 소개를 마치기가 무섭게,

"동양에서 온 여성이 혼자 까미노를 걷는 것은 위험해."

까미노에서 주의해야 할 것을 구구절절 알려주신다. 어른들은 어느 나라를 막론하고 젊은 사람에 대한 걱정이 많은 것이 별 다를 바가 없다.

"한적한 곳에서 경찰복장을 한 두 명의 남자가 불러 세우면 대답하거나 가까이 가면 위험해. 마리안 뉴스 봤니? 대만계 미국여자가 실종된 뉴스 말이야. 자동차가 세워진 곳을 지날 때 더욱 조심하고, 말을 걸어오면 빨리 도망쳐야 해." 점차 격앙된 어조로 말씀을 이어가신다.

스페인 당국에서도 순례자가 많아지면서 범죄가 늘어나는 부정적인 현상에 대해 대처를 하고 있지만 도시가 아닌 한적한 들과 산으로 이어지는 까미노의 전체 구간을 관리하는데 어려움이 많다고 들었다. 막상 하인즈 할아버지가 겁박(?)을 하시니 천하태평인 나도 긴장하게 된다. 쉬지 않고 심각한 뉴스를 쏟아 놓으시더니 별안간 주머니에서

한국 지폐를 꺼내셨다. 지폐에는 깨알같은 한글로 감사의 표현을 담은 글이 적혀 있다.

까미노에서 부상을 입은 한국 청년이 할아버지의 도움을 받고 짧은 감사의 글을 지폐에 적어 준 것을 보니 메모장이 없었던 모양이다. 알베르게에서 있었던 작은 에피소드를 들려주시면서 연신 싱글벙글하시는 하인즈 할아버지를 보니 무척 예의 바른 태도의 청년이었음이 틀림없다. 독일로 돌아가면 액자에 넣어 둘 선물이라며 흉악한 뉴스는 어느새 잊으시고 천진한 낯빛을 한 할아버지 때문에 나도 모르게 입가에 웃음이 배어 나오고 만다.

숲을 빠져나오자 6세기에 세워졌다는 산따 바실리사 왕립수도원이

독일에서 온 하인즈 할아버지

멋진 자태를 드러내었다. 사리아로 곧장 가기 위해 수도원을 잠깐 둘러보고 나오는 길에 알베르게에 짐을 풀었다는 하인즈 할아버지를 다시 만났다.

"마리안, 사모스에서 하룻밤을 보내는 것도 좋을 텐데"라고 하신다.

유럽에서 제일 크다는 왕립수도원뿐 아니라 귀족의 성을 꼼꼼하게 둘러보지 못하고 사리아Sarria로 발길을 돌려야 하는 내 마음도 서운하긴 마찬가지다. 힐데 할머니와 함께 수도원을 둘러보고, 쉬엄쉬엄 내일 아침 출발할 것이라며 사리아까지 가는 나를 응원해 주시는 할아버지. 건강한 모습으로 산띠아고에서 만날 수 있기를 바라며 인사를 드렸다.

"하인즈 할아버지, 힐데 할머니, 부엔 까미노!"

사모스 입구에 들어서면 산따 바실리사 왕립수도원을 마주하게 된다

사모스를 나가는 출구의 약국에 들러 찜질파스를 설명하지 못하고 손짓발짓 바디랭귀지를 하고서야 간신히 파스를 사서 넣었다. 사리아로 가는 도로를 따라 30여분을 걷자 작은 강을 따라 숲길이 이어졌다.

오르락내리락하는 갈리시아지방의 산길에서 아프다가도 쉬면 좋아지던 발목의 이상을 내심 걱정했는데 걷기가 불편할 정도로 극심한 통증이 보태졌다.

어제 1,337미터의 오세브레이로를 올랐다가 가파른 내리막길을 뜨리아까스뗄라까지 쉬지 않고 걸어간 것이 화근이었다. 통증이 심해지니 사리아까지 갈 수나 있을지, 하인즈 할아버지가 잡아끌던 사모스가 그리워지지만 이미 때는 늦었다. 부엔 까미노를 외치며 바람같이 사라지는 바이크라이더들과 네 명의 스페인 고등학생과 앳된 소녀와 소년만이 내 주변에 있을 뿐이다. 이들은 나보다 훨씬 빠르게 걸어갈 것이다.

정오를 지나 이글거리는 태양은 내 머리 위에 있다. 찜질파스를 붙여도 더해지는 통증은 가라앉을 기미가 없다. 아무도 없는 까미노에서 도움을 요청할 길이 없을지 모른다는 생각에 이르자, 사리아까지 좀 더 빠른 길을 따라 가겠노라고 노란화살표를 벗어났다. 시빌Sivil로 가기 전 마을 앞에서 구글맵이 지시한 길을 따라 걸었다. 이 어리석은 선택은 까미노에서 내가 행한 일 중에 제일 한심한 짓이었다.

마을을 가로질러 올라선 곳은 도로 LU633이다. 아무리 걸어도 순례자를 안내할 이정표를 찾을 수가 없다. 강원도의 미시령을 자동차와 나란히 걷고 있는 셈이다. 물통에는 50밀리 리터쯤 남은 물과 에너지

바 두 개 외에는 먹을 것이 없다. "망할 놈의 구글맵!!" 욕을 해 봤자 사람은 커녕 개 한 마리도 보이지 않고 카레이싱하듯 빠른 속력으로 내달리는 무시무시한 자동차들 뿐이다. 도로 가장자리의 좁디좁은 길은 원래 사람이 다니는 길이 아니었던지 자칫하면 언덕 아래로 구르게 생겼다. 설상가상으로 도로변 가로수를 가지치기 하는 기계차와 맞닥 뜨렸다. 굉음을 내며 우두둑! 나무들을 쓰러뜨린다. 점점 가까이 오는 기계차를 피할 데가 없다. 모든 원망을 구글맵으로 돌리면서 투덜거 렸다. 사색이 되어 있는 나를 발견한 기사가 작업을 멈추고 지나가라 는 손짓을 해주었다. 아찔한 분위기는 사그러들고 아우토반을 달리듯 내달리던 자동차들로부터 벗어날 수 있었다.

환상적인 숲에서 누린 아침의 달콤함은 정녕 꿈이었다는 말인가? 도대체 어디로 얼마나 더 걸어가야 하는가? 정신없이 걸었다. 어떻게 사리아에 들어섰는지 모르겠다. 땀에 흠뻑 젖고 하얗게 질린 파김치 가 되었지만 도로에 주저앉을 수 없어 무작정 걸었을 뿐이다. 저만치 도시의 광고판이 보인다. "아, 이제야 살았다!" 큰 한숨이 터져 나왔다. 이게 무슨 생고생인지, 맨 처음 만나는 숙소에 무조건 들어간 곳이 아 뻬드라A Pedra사설 알베르게다. 짐을 풀자마 침대에 그대로 고꾸라지 고 말았다.

얼마나 지났을까? 아이들의 함성소리에 잠에서 깼다. 잠들어 있는 동안 시빌에서 온 에바가 옆 침대에 짐을 풀었고 잇젤도 다시 만났다. 그녀는 예상치 못한 만남에 무척 반가워했지만 나는 아직도 비몽사몽 이다. 창밖으로 보이는 뒷마당의 수영장에서 물놀이에 신난 아이들의 재잘거림과 낮의 악몽은 꿈속에서 일어난 일인 양, 아련하게 느껴진다.

빈방 있는 알베르게를 찾아라

Sarria - Portomarín 22.4km

29일째

다음날 아침 이른 시간부터 부지런히 챙긴 시빌의 에바와 함께 알베르게를 나섰다. 사리아에서 산띠아고까지의 까미노는 1백 킬로미터가 조금 넘는 거리다. 어둑한 길에 많은 사람들이 걷는다.

사리아에서 순례를 시작해도 2016년 봄까지는 순례길 완주로 인정해 주기 때문에 시간의 여유가 없는 사람들이 까미노를 시작하는 곳이 사리아다. 어린 아들과 단둘이 걷는 아빠, 손자와 나란히 걷는 할아버지의 모습은 갈색으로 그을린 내 모습과 달리 산책 나온 듯 경쾌하다. 캠핑에 나선 스페인 청소년그룹이 합류하여 사리아의 까미노 출구가 꽉찬 행렬이 길게 이어진 진풍경이 연출되었다.

마드리드와 아 꼬루냐A Coruña를 잇는 철도건널목을 건너서 숲으로 들어가는 길을 따라가다 바르바델로Barbadelo로 들어섰다. 산띠아고 교회를 둘러보고 나가는 길에 심하게 절룩이며 나무막대기를 의지해 걷고 있는 에델바이스를 만났다. 라 파바에서 함께 저녁을 먹었던 마드리드의 차도녀다. 다리가 괜찮은지 묻지 않을 수 없다.

"아무래도 무릎에 고장이 난 것 같아요. 쉬엄쉬엄 가다보면 뽀르또마린에 도착하겠죠?"

마드리드와 꼬루냐를 잇는 철도

그녀가 괜찮을 것이라는 제스처를 했지만 다리를 절룩거리는 게 예사롭지 않다. 사람들이 잔뜩 몰려오는 바람에 길 한쪽에서 배낭을 풀었다. 가지고 있던 진통제를 꺼내어 처방 받은 진통제이니 먹어도 안전하다는 설명을 곁들여 주었다.

반신반의하면서 그녀는 받아든 약을 먹었다. 까미노의 남은 일정상 나에게도 진통제는 필요했지만 비상으로 남겨 둔 두 알을 그녀의 손에 얹어 주었다. 뽀르또마린에 도착하면 병원에 꼭 가겠다는 약속을 받고 그녀와 헤어졌다.

산또 도밍고에서 날 챙겨주던 프란체스카와 함께 많은 도움을 주었던 사람들의 얼굴이 하나둘 떠오른다. 길 위에서 작은 인연들이 잇닿아 있는 것은 축복이다. 누군가 존재함으로 내가 존재하고 있음을 겸손하게 받아들이게 되는 길, 사람이 소중한 존재라는 것을 새삼 일깨워 준다.

숲으로 난 까미노의 아침 풍경은 도심을 벗어나자 감자와 옥수수, 케일과 소들이 방목된 목초지와 심지어 허수아비까지 강원도에서 흔히 볼 수 있는 풍경과 닮은꼴이어서 더욱 친근하게 느껴진다. 스페인의 북서부에 해당한 까미노는 평양의 위도와 같아서인지 갈리시아지방에서는 7월에야 감자의 꽃이 피어 있는 것을 볼 수 있다.

완만하게 오르막이 이어지는 길에서 스페인 소녀들이 노래를 부르며 흥을 돋운다. 배낭을 봇짐처럼 익살스럽게 멘 소녀들의 등을 바라보며 걷는다. 소나무숲을 따라 나란히 걷는 까미노가 이어졌다. 마을들을 거쳐 가는 중에 신라면 있다,는 한글문구가 눈길을 잡아끄는 바르도 있다. 다양한 기념품을 팔고 있는 스페인 청년은 마드리드에서 한국 라면을 조달을 받아 팔고 있었다. 외진 까미노에서 라면을 먹을 수 있다는 사실은 까미노에 한국의 순례자들이 그만큼 많다는 것을 보여 주는 것이다.

"올라!"

뽀르또마린Portomarín이 가까운 내리막길에서 뜨리아까스뗄라에서 방을 같이 썼던 할머니를 만났다. 만날 때마다 책을 읽거나 글을 쓰고 계셨다. 여러 사람들이 함께 있어도 살포시 웃을 뿐이다. 불편한 다리에도 사부작사부작 걷고 계시더니 어느새 앞서가고 계신다. 할머니의 인내심과 지구력에 존경을 표하지 않을 수가 없다.

뽀르또마린으로 들어가는 다리가 보이자 사람들은 일제히 호성을 질렀다. 시원한 강바람을 맞으며 가파른 계단을 오르자 전통의상을 입고 백파이프를 연주를 하는 청년의 이색적인 모습이 시선을 끌었다. 개인 퍼포먼스인지 순례자를 맞이하는 마을의 행사인지는 알 수 없다. 높은 계단을 올라가야만 마을로 들어갈 수 있는 독특한 구조는

댐을 만들면서 수몰될 마을을 높은 지대의 이곳으로 이전하면서 생긴 것이다. 힘들게 계단을 올라온 사람들은 미뇨강Rio Miño을 배경으로 기념사진을 찍느라 어수선하다.

사리아 이후부터 숙소 전쟁이라더니 빈 숙소를 찾아 골목을 헤맨다. 알베르게 전쟁을 실감하고 있다. 방을 구하지 못한 순례자들과 함께 이리저리 알베르게를 찾아보지만 허탕이다. 도대체 하룻밤 쉴만한 알베르게는 어디에 있다는 말인가! 지친 몸으로 다음 마을까지 걸어간다고 해도 그 마을에 방이 있을지 장담할 수 없다. 잔디밭에서 침낭을 덮고 자야 할 최악의 상황을 염두에 둔다. 예상밖의 상황에 대한 대처와 결정이 지지부진할 때마다 내가 더 이상 젊지 않다는 것을 실감할 뿐이다.

미뇨강을 건너는 다리 너머로 뽀르또마린이 보인다

광장으로 다시 내려왔다. 바르에 앉아 있던 사람들 속에서 낯익은 서양 아줌마가 활짝 미소띤 얼굴로 나를 불렀다.

"마리안" 손을 흔들었다.

숙소를 구하지 못해 멘붕 상태인 나는 급한 마음에 "방이 없어요!"라고 하소연부터 했다. 그녀는 마치 나를 기다렸다는 듯이 벌떡 몸을 일으키더니,

"마리안, Go! Hurry up!"

교회 뒷편을 가리키며 건물을 돌아가라고 한다. 그녀가 알려준 곳은 뽀르또마린의 운따 알베르게였다. 갈리시아지방에서 운따는 무니시빨과 같은 공립 알베르게이다. 줄을 선 사람들 틈에서 접수를 마치자 곧바로 마감되고 말았다.

뽀드또마린 광장에 있는 산 니꼴라스 요새교회

휴! 안도의 한숨을 내쉬었지만 함께 줄을 섰다가 발걸음을 되돌리는 순례자들의 지친 어깨가 안쓰럽고 미안한 마음이다. 우리는 까미노에서 몇번씩 마주치고 같은 알베르게에서 숨소리를 들으며 함께 잠을 잔 까미노의 친구들이기 때문이다.

배정 받은 곳에 배낭을 풀었다. 문밖에 있던 아드리안느의 파파가 난처한 표정을 지으며 들어오더니,

"마리안, 잠시 아래층에 다녀왔는데 여긴 내 자리였어."

배낭을 풀기 전, 비어 있는 침대라고 알려줬던 옆자리 아저씨가 미안해 했다. 그는 서둘러 리셉션 직원을 데리고 올라왔다. 대안이 있다던 직원이 남자들만 있는 8인실 방을 내주는 바람에, 졸지에 금녀의 방에 불청객이 되었다.

계단 입구에 서 있던 아드리안느의 파파가 어깨를 툭 친다.

"남자들과 함께 방을 쓰게 된 기분이 어때?"라며 짓궂은 표정을 지었다.

"그래 이런 행운은 나쁘지 않아. 얼마든지 콜이야!"라고 응수했지만 배낭을 옮긴 것에 대한 그의 미안한 마음이 읽혀진다.

"까미노를 걷기에는 나의 큰 덩치가 문제야"라며 울상을 짓는 그는 올해 대학생이 된 큰딸 아드리안느에게 새로운 여행 경험을 주기 위해 고향을 떠나온 독일계 미국인이다.

뜬금없이 아드리안느의 파파 왈,

"마리안, 반팔 반바지를 입어도 죽을 지경인데 넌 죄다 긴 옷을 입고 어떻게 견디는 것이냐"며 혀를 내두른다.

"날씨와 옷만의 문제가 아니라 몸집을 줄이는 것이 필요해. 아저씨!"라고 놀려주고 싶었지만 상처받을까 봐 입을 꼭 다물었다.

알베르게의 샤워실에 문이 없어 난감하다. 처음에는 고장이 나서 문을 따로 떼어놓은 줄 알았는데 애초에 좌우 칸막이만 만들고 문을 달지 않은 것이다. 어색한 샤워를 후다닥 끝내고 나오다가 에델바이스와 마주쳤다. 그녀는 깜짝 놀란 눈으로,

"마리안, 당신은 나의 수호신이에요. 마리안이 준 남은 진통제를 마저 먹으면 병원까지 가지 않아도 될 것 같아요."

바르바델로 입구에서 건네 준 진통제를 먹고 통증이 씻은 듯 사라져, 뽀르또마린까지 수월하게 걸었다는 것이다. 그녀의 호들갑으로 졸지에 그녀의 까미노 수호신이 되고 말았다. 덕분에 순례자들의 미

뽀드또마린 운따 알베르게

소띤 호응에 보람을 느낀다. 오늘은 모처럼 여유있게 맛있는 요리를 해볼 생각이다. 많다 싶을 만큼 식료품을 손에 잡히는대로 샀다. 한껏 기대에 부풀어 알베르게 주방에 들어서자 몇몇의 사람들이 쇼핑봉지를 풀어놓고 있었다. 전기렌지만 있을 뿐 조리도구는 하나도 없었다. 당연히 조리도구가 구비되어 있을 줄 알았는데 아뿔싸! 난감하네. 갈리시아지방의 운따 알베르게의 주방 상황이 대체적으로 이렇다는 것이다. 하는 수 없이 동네를 돌아보기로 하고 나섰다.

낡은 성처럼 보이는 산 니꼴라스교회 앞 바르를 찾아갔지만 친절한 그녀는 보이지 않는다. 까미노의 바르에서 웃으면서 지나친 적은 있

뽄드또마린 알베르게 뒤편에서 담소 중인 청년들.

지만 그녀와 통성명을 나눈 적이 없었는데 그녀는 어찌 내 이름을 알았을까? 궁금하기도 하고 고맙다는 인사를 하고 싶었다. 인근에서 그녀를 찾을 수가 없어 못내 아쉬웠지만 미뇨강을 따라 뽀르또마린을 산책하는 것으로 대신했다.

잔디밭에 둘러앉아 단란하게 쉬고 있는 순례자 가족들의 모습이 무척 낭만적이다. 청년들이 진지하게 이야기 꽃을 피우고 있고 바르마다 순례자들의 왁자지껄한 흥겨움이 물씬하다. 산띠아고가 가까워 올수록 사람들의 표정에서 홀가분함과 아쉬운 심정이 묻어난다. 함께하자는 이탈리안들의 권유를 뿌리치고 알베르게로 발을 옮겼다. 산띠아고가 멀지 않은 곳에 있다는 사실은 나의 가슴 한구석에도 후련한 마음과 아쉬운 마음이 교차하며 여운을 준다.

똥밭에서 전원교향곡의 황홀경
Portomarín - San Xulián 28.3km

10일째

다음날, 미뇨강에서 스멀스멀 올라온 안개로 짙게 드리워진 뽀르또마린의 새벽공기는, 어둑한 풍경과 맞물려 오싹한 한기를 느끼게 한다. 알베르게를 나와 마을 끝에서 까미노로 이어지는 이정표가 정확하지 않다. 순례자들이 의견을 모아 내려간 길이 강을 따라 마을로 다시 유턴하자 까미노의 방향을 잘못 잡았다고 우왕좌왕. 어둠 속에서 낡은 다리 위의 순례자들을 발견하지 못했다면 우리는 한참을 헤맸을 지도 모른다. 안도하는 마음으로 다리를 건너자 숲이 뿜어내는 향기에 순례자의 마음이 흠뻑 빠져들고 있다.

벤따스 데 나론Ventas de Nrón은 처참한 전투가 있었던 곳이다. John Brierley 책자에 소개된 내용이다. *'The area was scene of a bloody battle in 840 between Moor and Christian but there is nothing here now to disturb the peace beyond pilgrim chatter in the 2 cafe's.......'*

뽀르또마린에서 14킬로미터쯤 달려온 벤따스 데 나론 마을은 지극히 평범한 작은 마을이다. 하지만 이 땅을 8백 년간 지배해 온 이슬람과의 전쟁으로 레콩키스타의 흔적이 곳곳에 남아 있는 곳이다. 종교 전쟁은 참혹하다. 전쟁의 잔혹한 역사적 사실을 짐작하건대 그 오래 전 이곳에서 누군가의 아들이, 누군가의 남편이 목숨을 잃었을 것이고, 남겨진 그들의 가족의 삶은 처참했으리라.

리공데Ligonde까지 3백 미터 고지가 완만한 오르막길로 계속되었다. 소나무 숲에서 오케스트라의 호른이 내는 장중한 소리가 들려왔다. 그러자 잡목들과 키 큰나무의 둥근 이파리들이 소리를 냈다. 숲에 강한 바람이 휘몰자 환상적인 소리로 화답하는 나무들. 숲이 황홀경에 빠져 춤을 추는 것처럼 보인다. 소나무숲이 바람에 흔들리는 모습이 위엄은 있으나 유연하고, 자유로우나 권위가 느껴지는 숲이다. 나무들과 꽃들과 들풀의 흔들림이 어찌 저리 아름다울 수 있는지, 온몸을 전율하게 하는 자연의 전원교향곡을 듣고 있는 나는 자연이 베풀어 준 향연에 푹 빠져 걸음을 뗄 수가 없다. 평생에 이토록 황홀한 도취를 경험하는 순간이 몇번이나 찾아올까? 수많은 작곡가들과 화가들과 작가들을 일깨우는 영감은 매 순간 출렁였을 것이다. 어느 화가의 화폭에 고스란히 담을 수 있을 것이며 수려한 문장만으로 다 묘사할 수 있을 것인가? 최고의 음악당에 앉아 사람이 만들어내는 음악을 듣는 것과는 비교할 수 없다. 산띠아고로 가는 까미노에서 자연이 만들어낸 소리에 취해 온몸에 전율이 인다.

사리아에서부터 체험활동에 나선 중고등 청소년들을 만났다. 사진을 찍어도 좋다는 말에 폰을 들이대자 여느 소년들처럼 환호성을 지

방학 체험활동 프로그램으로 까미노에 선 스페인의 청소년들

른다. 야호! 소년들은 호기가 넘쳐났다. 작고 다부진 소년이 선창을 하자, 나머지 소년들이 우렁차게 노래를 불렀다. 까미노가 소년들의 노래와 외침에 들썩거린다.

"에스빠뇰! 에스빠뇰!"

이 한마디밖에 스페인 노래를 알아들을 수 없지만, 덩실덩실 흥에 겨워진 순례자의 어깨가 덩달아 들썩들썩 추임새가 곁들인다.

어느새 '왕의 궁전'으로 불리는 빨라스 데 레이Palas de Rei에 도착했다. 이미 짐을 풀고 바르에 앉아 휴식하고 있는 순례자들. 낯익은 이탈리아노가 나를 부르며 빨라스 데 레이에 머무는 게 어떻겠냐며 소리를 쳤다. 하늘을 가리킨다. 구름 한 점 없는 쨍쨍한 한낮에 걸어가는 것은 무리라는 뜻이다.

중년의 서양 순례자들은 대체로 정오를 지난 한낮의 땡볕에 까미노를 걸어가지 않는다. 일사병도 문제지만 알베르게에서 휴식을 취한 뒤, 마을 탐험을 나서는 경우가 많다. 그들은 순례를 즐길 줄 아는 것이다. 걸음을 멈추지 않은 채, 다음 마을까지 갈 것이라며 나 또한 산 훌리안의 방향을 가리켰다. 이렇듯 안면이 있는 순례자들과 함께하지 못하고 홀로 길을 걷는 외로움에 익숙해져 간다.

마을 출구에 이르러서는 뜨거워서 더는 못 걷겠다,며 되돌아오고 있는 아저씨를 만났다. 멜리데의 맛집이 다음 구간에 있을 것이라 믿는 우직스러운 믿음으로 빨라스 데 레이로 돌아가는 순례자를 보면서도 꿋꿋하게 한낮의 까미노를 홀로 걸었다.

산 훌리안 가는 길

　갈리시아지방의 특징이 목축인 만큼, 하루종일 대지를 달궈대는 태양의 무자비함 앞에 가축의 분뇨 냄새가 역하게 진동한다. 소들이 방목해 있는 목초지를 지나 까미노를 걷는 것은, 더위보다 더욱 고통스럽다. 평생 맡아보기 힘든 분뇨 냄새를 몸서리치게 맡은 갈리시아다.

　유칼립투스 숲으로 들어서자 어디선가 향기로운 바람이 불었다. 아무리 둘러봐도 꽃은 없고 나무만 울창한데, 단 한 번도 맡아본 적이 없는 향기라니, 황홀함을 주는 향기가 도대체 어디로부터 불어오는 것인가? 미스터리하다. 많은 순례자들이 알베르게에 자리 잡았을 늦은 시간, 키 큰나무들로 빼곡한 숲에서 홀로 향기에 취해 걷는다. 숲으로 들어서기 직전까지만 해도 역한 냄새 때문에 진저리를 쳤는데 말이다. 갈리시아지방의 가축똥 냄새를 잊게 해준 신비한 묘약이라고 밖에 설명할 방법이 없다.

"아름다운 갈리시아여! 가축똥만 아니라면 얼마나 좋을 텐가!"

한 시간을 걸었다. 산 훌리안San Xulián에서 만난 바르 주인장은 "이 시간에 12킬로미터는 아주 멀게 느껴지는, 고통스러운 거리"라는 것이다. 앞으로도 3시간을 더 걸어야 한다고요?!

산 훌리안의 오브리가도이로 알베르게 할아버지

오늘 저녁은 반드시 멜리데의 뿔뽀를 먹겠다고 왔는데 이런 낭패가! 그나마 나은 소식은 산 훌리안에 내가 잠잘 수 있는 침대가 남아 있다는 것이다. 허탈한 심정에 배낭을 풀었지만 바람이 불면 집게가 없이 널린 옷 중 하나는, 똥 위에 떨어질지도 모른다는 걱정까지 해야 한다. 굴러다니는 게 가축똥이니 말이다.

순례자들이 모인 저녁 식탁에 각각의 접시에 음식이 나오지만, 큰 볼에 나오는 수프나 샐러드는 드레싱을 얹어 합석한 사람들을 위해 접시에 나눠 주는 자발적인 모습이 익숙한 풍경이다. 오늘은 내 손으로 작은 친절을 나누었다. 때로 무성의하게 느껴졌던 순례자 메뉴와 격이 다른 음식을 만들어 주시고 품격 있는 테이블세팅까지 해 주신 덕분에 맛있는 음식을 즐기며 오붓한 밤을 보내고 있는 중이다.

산 훌리안의 오브리가도이로 사설 알베르게 할아버지. 순례자들에게 넉넉함을 베풀어 주신 마음에 감사를 드린다.

산띠아고가 가까워오니 숙소 전쟁이 여전했다. 사설 알베르게는 전화 예약을 사전에 해 두는 것이 좋다며, 잇젤이 아르수아의 사설 알베르게를 예약해 주었다. 덕분에 내일도 편한 마음으로 까미노를 걷고 느긋하게 아르수아의 숙소를 찾아가면 되는 것이다. 멕시코에서 마드리드로 유학을 온 잇젤은 마음이 여린 처자다. 아스또르가에서부터 순례여행을 시작한 잇젤과 말론은 그 인연으로 까미노의 친구가 되었다. 잇젤은 말론이 겪은 실연의 아픔을 달래주며 까미노를 동행하고 있다. 결코 연인의 사이로 발전하지는 않을 것이라며 눈을 찡긋한다. 멕시코의 잇젤, 브라질의 말론, 그들의 남은 여정을 기대해 본다.

멜리데의 뿔뽀가 무엇이길래!

San Xulián - Arzúa 25km

31일째

산 훌리안의 아침도 부지런한 순례자들의 발자국 소리로 시작되었다. 뽄떼 깜빠냐를 지날 때, 까사 도밍고 사설 알베르게의 담벼락에 붙은 커다란 조개껍데기 형상을 포토존 삼아 사진을 찍느라 발걸음을 멈춰 선 순례자들. 날이 훤히 밝아오는 것을 보니 두 시간은 족히 걸었

뽄떼 깜빠냐의 까사 도밍고 알베르게

던 모양이다. 레보레이로 마을을 지나가는 골목에 떡하니, 까베세이로가 있다. 갈리시아에서 흔히 보는 오레오와 형태가 다른 까베세이로는 〈가난한 사람들의 오레오〉라고 불리는 저장고인데, 레보레이로 Leboreiro 마을에 남은 것이 유일한 것으로, 희귀한 저장고다.

산 훌리안에서 12킬로미터를 쉬지 않고 내달리다시피 하여 멜리데에 도착했다. 빰쁠로나에서 감질나게 먹었던 문어요리가 못내 아쉬워 '해산물이 풍부한 갈리시아지방에 가면 실컷 먹겠노라'고 한달음에 달려왔다. 그깟 삶은 문어 뿔뻬리아가 뭐 그리 대단하다고, 순례자가 맛집 찾아 삼만리 하는 격이다.

〈가난한 사람들의 오레오〉로 불리는 까베세이로

이강혁 선생의 책자에 소개된 맛집 뿔뻬리아 에세끼엘은 오전 10시인데, 이미 많은 사람들로 2백명이 들어갈 수 있는 식당 실내가 가득 찼다. 까미노에서 늘 봐오던 바르나 레스토랑과 비교할 수 없다. 넓고 테이블이 많은 것을 빼면, 한국의 설렁탕 맛집 같은 소박한 분위기다.

순례자들과 잠깐의 이야기를 나누는 동안 멜리데Melide의 유명한 뿔뻬리아가 드디어 테이블에 놓였다. 올리브오일에 풍덩 잠긴 저민 문어와 그 위에 파프리카 파우더를 뿌려 둥근 나무 접시에 담겨 나왔다. 몇 조각의 바게트와 리베이로 화이트와인 한 잔을 곁들인 게 전부였다. 문어요리를 먹겠다고 달려온 기대감을 허탈하게 만든 간단한 상차림이다. 다소 실망스러운 뿔뽀를 한입 넣었다.

멜리데 에세끼엘에 모인 순례자들

문어와 향긋한 올리브오일에 적셔 먹는 바게트의 씹히는 부드러움과 리베이로와인이 곁들여져 살살 녹는 뽈뽀의 맛이 일품이다. 먹어보지 않고는 설명할 수 없다. 매일 까미노에서 먹었던 음식과 달라서 더 맛있게 느껴졌을 지도 모른다. 리베이로 와인 한 잔에 어질어질하여 아르수아까지 갈 수 있을지 다소 걱정이 되었지만, 순례자들이 와인이나 맥주 한 잔이면, 10킬로미터를 거뜬히 걷는다고 하더니 빈말이 아니었다.

뽀드또마린에서 만났던 경민 청년을 멜리데의 교회 앞에서 만나 함께 걸었다. 유칼립투스가 펼쳐진 작은 마을을 하나, 둘, 지나가고 있다. 각자 원하는 페이스대로 걷기로 했지만 그녀와 이런저런 이야기를 나누다보니 아르수아까지 동행했다. 까미노는 이야기를 나누면서 걷게 되면 육체의 고통을 조금 잊을 수 있는 대신 사색을 할 수가 없고 경치를 놓친다는 아쉬움이 있다. 동행을 자청하지 않는다면 굳이 함께 가지 않아도 되는 까미노다.

뜨거운 날씨에 힘든 줄 모르고 어느새 아르수아 초입에 들어섰다. 알베르게가 예약된 나와 달리 경민은 자신이 묵을 숙소를 찾아야 한다. 알베르게에 함께 가겠느냐,는 제안에 그녀는 도시를 탐색하다 천천히 찾아보겠다고 하여 아쉬움을 뒤로 하고 헤어졌다.

"경민, 부엔 까미노!"

잇젤이 예약해 둔 로스 까미난떼스Los Caminantes사설 알베르게에 도착했다. 후덕한 인상의 아주머니는 여권을 확인하고 침대 배정을 해주었다. 앞서 도착한 일본의 유카리도 짐을 풀고 있다. 그녀와의 까미노 인연도 적잖이 깊다. 산띠아고가 가까워올수록 만나고, 헤어지기를 반복하고 있는 많은 순례자들의 얼굴이 자주 떠오른다.

산띠아고 데 꼼뽀스뗄라에서의 환희
Arzúa – Santiago de Compostela 40km

32일째

어둠 속에서 바이크라이더들이 먼저 움직인다. 얼마 안 있어 누군가 알베르게에 불을 켰다. 산띠아고가 코앞인데 서두르는 감이 있다.

눈이 부셔 일어나지 않을 수가 없다. 억지로 몸을 일으켜 씻는다. 여느 날보다 좀 이른 5시 30분에 알베르게를 나섰다. 몇 백 미터를 걸었을 뿐인데 길은 곧바로 숲으로 이어졌다. 한밤중처럼 캄캄하다. 오싹한 느낌은 있지만 금방 많은 사람들을 만나 걸어갈 것이기에 걱정은 되지 않는다. 늘 그랬듯이……

울창한 숲의 고요함이 점점 두려움으로 변했다. 스마트폰의 라이트를 켜서 허리벨트에 걸쳐보지만 정면만 비춰줄 뿐, 사방이 캄캄하여 살아있는 무엇인가 불쑥 튀어 나올 것만 같아 머리칼이 쭈뼛거린다. 저벅저벅, 내 발자국 소리조차 섬뜩하고 무서운데 불빛에 잡히던 젊은 커플의 희미한 그림자마저 사라져 버리자, 축축한 안개로 더욱 음산한 숲의 고요는 두려움으로 엄습했다. 뒤따라오는 순례자가 단 한 사람도 없다니, 이럴 수가! 어둠 속에 몸을 감추고 있는 나무들의 실루엣은 더욱 공포감을 부추긴다. 무엇엔가 홀린 기분으로 걸었다. 순례자들은 보이지 않는다. 이미 7시가 지났지만 안개 낀 날씨 탓에 온통 회색빛이다. 다행이 이른 시간에 문을 열어 둔 바르에 배낭을 풀었다.

순례자들이 한 사람 두 사람 모여들기 시작했다. 서너 개의 마을을 지나오는 동안 도무지 만날 수 없었던 순례자들. 내가 걸어온 까미노와 다른 길이 있다는 것인가? 인기척이 없던 까미노 그들은 어느 길을 따라 걸어왔던 것일까? 잔뜩 긴장하여 걸어서인지 온몸이 뻐근하다.

"차오"

까예Calle에서 스페인 아스또르가 출신의 벨렘과 테레사를 만났다.

갈리시아지방의 전형적인 저장고 오레오

직장 동료인 그녀들은 휴가를 받아 산띠아고 순례를 시작했다. 제법 영어를 부드럽게 구사하는 벨렘은 자신의 이름이 베들레헴이라고 소개를 했다. 베들레헴은 예수님이 태어난 곳이라고 응수하자, 그녀는 "맞아요"라며 어린아이처럼 좋아한다.

종교의 동질성 때문에 친숙하게 느껴진 듯, 상냥한 목소리의 벨렘이 갈리시아의 특징을 설명해 주었다. 갈리시아지방에서 볼 수 있는 오레오Horreo는 옥수수 등, 수확한 농산물을 오래도록 보관하는 저장고다. 작은 집모양의 형태를 가진 오레오는 모양과 크기를 보면 그 집안의 부를 짐작해 볼 수 있다. 이 지방의 기후와 환경에 맞게 발달한 오레오는 담과 담 사이에 걸쳐지거나, 지면으로부터 높이 솟구쳐 짓는다.

울창한 숲을 조성하기 위해 심은 유칼립투스는 가구와 종이를 만들고 유칼립투스 잎은 목감기에 효능이 있다며, 뜨거운 물에 훈증하는 방법까지 시늉해 주었다. 벨렘 덕분에 갈리시아지방에 대한 궁금증이 해소되었다. 하지만 벨렘과 나란히 걸으며 조용히 고개를 끄덕이고 있는 테레사가 마음에 걸렸다.

살세다Salceda에 이르자 두 여인은 아침 식사를 위해 바르에 남았다. 벨렘이 같이 식사를 하자고 청했지만 그녀들을 뒤로하고 걷는다. 애써 서둘러 가야 할 계획이 있는 것은 아니었지만, 이야기를 더 나누고 싶어하는 벨렘보다, 두 사람 사이에 끼어 말없이 걷는 테레사를 위해서라도 홀로 걷기로 한다. 사람과의 교제보다 침묵 속에 혼자 걸을 때 오는 잔잔한 감동을 놓치고 싶지 않은 이유이기도 하다.

뒤를 돌아보니 그녀들이 제자리에 서 있다.

"벨렘, 테레사, 부엔 까미노!"

산띠아고를 7킬로미터 남겨둔 산 마르꼬스에 다다르자, 기적처럼 하늘이 맑게 열렸다. 살세다를 지나는 오르막길은 울창한 유칼립투스 길을 따라 산따 이레네Santa Irene로 가는 길이다.

빗방울이 바람에 흩뿌려 스틱을 쥔 손이 시리다. 바위에 앉아 있는 동양인 청년들을 보면서 선뜻 말하기가 꺼려졌지만 먼저 인사를 건넸다. 반가운 한국 대학생들이었다. 만약에 이때 두 청년을 무심히 지나쳐갔더라면, 산띠아고와 피니스떼레, 포르투에서 만났을 때 그저 스쳐 지나가는 행인이 되고 말았을 것이다. 까미노에서 만나는 몇몇의 일본인은 한국말 인사를 받으면 자신은 일본인이라고 소개를 한다.

산띠아고에 이르자 하늘이 맑게 개었다

얼마 전 바르에서 "안녕하세요?"라고 인사를 건넸다가 멀뚱하게 쳐다보던 뾰족한 인상의 일본인 때문에, 동양인에게는 인사를 건네지 않겠다는 쪽으로 정했다. 열등감인지 모르겠지만 가끔 일본인들의 눈빛에는 한국인을 조센징쯤으로 여기는 것 같은 근성이 느껴진다. 그 녀석을 산 훌리안에서 만났을 때는 내가 먼저 모른 척 무시했다.

유칼립투스숲을 지나 아메날Amenal의 큰 도로를 건널 때, 카메라맨과 마이크를 든 리포터가 인터뷰를 위해 순례자들을 향해 뛰어 왔다. 손을 들어, 와아! 환호성으로 화답하지만 인터뷰에 응하려고 멈춰 선 순례자는 없다. 도로를 건너 드디어 산띠아고가 눈앞에 있다. 산 마르꼬스San Marcos에 이르자 갈리시아 TV방송국 건물이 보이고, 산띠아고까

몬떼 델 고소의 언덕에 있는 교황 바오로 2세 방문기념비

지 7킬로미터가 남았음을 알리는 표지석이 눈에 들어온다. 내내 흐렸던 하늘에 구름이 걷히자 새파랗게 하늘이 열렸다. 하늘 높이 솟은 유칼립투스와 일직선으로 곧게 뻗은 포장도로는, 경기에서 이긴 승리자를 맞이하기 위해 도열해 있는 것처럼 느껴진다. 말로 다 표현할 수 없는 희열이 순례의 끝자락에 선 나의 온몸을 감싼다.

몬떼 델 고소의 요한 바오로 2세 기념조형물 앞에서 기념사진을 찍어 준 순례자와 잠시 바르에서 까페 꼰 레체 한 잔을 마시며 숨을 고르고 있다. 순례길의 종착점인 산띠아고가 눈앞에 있다고 생각하니 복받치는 감정이 밀려든다.

산띠아고로 오는 동안 마주쳤던 대학생들과 다시 만났다. 산띠아고

산띠아고 시내 입구

입구에 알베르게를 잡고 가벼운 차림으로 대성당을 가기 위해 헤맸지만 숙소는 찾지 못했다. 결국 배낭을 멘 채, 산띠아고 대성당으로 가자는데 의견을 모았다. 시내투어용 꼬마기차 사이를 지나는 청년들의 뒷모습을 사진으로 남긴다.

　드디어 산띠아고 오브라도이로 광장Praza do Obradoiro에 들어섰다. 관광객들과 순례자들이 뒤섞인 금요일 오후, 산띠아고 대성당 주변은 사람들로 발 디딜 틈이 없다. 레스토랑마다 넘쳐나는 사람들로 왁자지껄한 분위기는 산띠아고에 도착했다는 것을 실감나게 했다. 하지만 고딕, 로마네스크, 바로크, 스페인고딕 건축이 믹스된 산띠아고 대성당의 위용과

산띠아고 시내투어 꼬마기차

웅장함이 그다지 대단해 보이지 않는 것은 왜 일까? 까미노에서 32일간 걷고 또 걷는 동안, 부르텄다가 나아졌다가 다시 부르트기를 반복하던 발톱이 네 개나 빠져버린 처참함도, 10킬로그램이나 빠진 체중도, 까미노가 베풀어 준 감동의 파노라마 앞에서는 아무것도 아니었다. '까미노에서 자연의 위대함을 경험한 뒤, 모든 것이 시시해졌다'던 어느 선험자의 고백이 곧 나의 고백이 되었다.

까미노 완주증명서를 받기 위해 산띠아고 순례자협회 사무실 앞에는 순례자들이 긴 줄을 서서 기다리고 있다. 나는 벌써부터 까미노 완주증명서를 받아들고 싶지 않다. 몸의 구석구석에 배인 여운을 좀 더 느끼고 싶다.

산띠아고 대성당 앞에서 순례자 친구들

한국 청년들과 쉬고 있는 레스토랑의 위치를 확인한 잇젤과 말론이 찾아왔다. 먼저 도착해 있던 잇젤과 말론이 자신들이 묵고 있는 오뗄 La Salle Hotel에 방을 잡아 준 덕분에 산띠아고에서 잠잘 걱정은 내려놓았다. 여유있는 점심을 즐기는 동안 사람들로 북적대는 광장에서 우연히 경미를 만났다. 깜짝 놀랐다. 하루 먼저 입성한 홍 선생 일행과 경미는 다음 일정을 위해 휴식을 취하고 있었다. 산띠아고에서 뜻밖에 조우한 경미와의 인연은 예사로운 만남이 아니다.

보따푸메이로Botafumeiro 곧 향로미사는 특별한 의미가 있으니 참석하자는 말론, 로마가톨릭 신자인 말론의 권유를 따르기로 했다. 대성

산티아고 데 콤포스텔라 대성당 2015년. 보수 공사 중인 모습

당의 향로미사는 배낭과 등산화 차림으로 출입할 수 없기 때문에 옷을 갈아입기 위해 서둘렀다. 외곽에 있는 오뗄까지 헐레벌떡 오가는 소동 끝에 미사에 참석했다. 야고보의 유해가 있는 산띠아고 데 꼼뽀스뗄라대성당 실내는 향로미사에 참석하려는 순례자들과 관광객들로 인산인해를 이뤘다.

연극의 막이 내리듯 비가 내린다

어제 오후, 구름 한 점 없는 뜨거운 태양 아래 악사들의 연주가 울리고 구릿빛 순례자들과 관광객들의 들뜬 목소리 그리고 웃음소리로 반짝였던 광장에 추적추적 비가 내리고있다.

까미노 완주증명서를 받고 기뻐하는 잇젤과 말론

잠시 뒤, 정오의 향로미사에 맞춰 밀려드는 순례자들로 또다시 활기를 찾을 것이지만 비에 젖은 산띠아고의 아침은 너무도 고요하고 적막하다.

산띠아고 대성당 뒷편, 건물 안쪽에 들어앉은 순례자협회 사무실은 의외로 작고 협소했다. 이른 시간이라 사무실을 찾은 몇 안 되는 순례자들은 기다림 없이 곧장 끄레덴시알에 산띠아고의 세요를 찍어 건네받았다. 순례자협회가 인정하는 공식적인 까미노의 거리 775킬로미터를 기재한 까미노 완주증명서다. 끄레덴시알에 마지막 세요가 찍힘으로써 까미노 데 산띠아고의 순례가 종료되었음을 알려 주었다.

32일 동안의 셀 수 없는 만남과 기억들이 고스란히 담긴 증명서 한 장을 받아들자, 설렘보다는 손에서 무엇인가 빠져나간 듯 아쉬움이 몰려온다.

산띠아고 순례자협회 사무실은 2017년 이후 다른 장소로 이전했다

프랑스 생장피에드포르를 시작으로 33개의 알베르게 세요는, 많은 것을 의미했다. 만나면 헤어지고 다시 만나기를 반복하면서 침묵과 고독 속의 평화를 마음껏 누렸던 까미노의 감동을 어찌 말로 다하랴.

뽀르또마린에서 만났던 캐나다 아저씨의 증명서는 프랑스의 르퓌 앙블레에서부터 걷기 시작해서, 스페인 산띠아고에 당도했으니 1천 5백 킬로미터 이상의 거리를 걸었다는 기록이다. 내가 걸었던 까미노의 두 배에 해당하는 거리다. 그의 본래 계획은 묵시아까지 가는 것이었다. 갑작스레 생긴 일로 고향에 돌아가야 한다는 아저씨와 카페테리아에서 아침을 먹는다. 항공권 변경을 위해 여행사의 업무가 시작되기를 기다리는 동안 아저씨의 인생 까미노를 듣는다. 그는 복싱선수 생활을 하면서 일삼은 방종의 세월을 반성하고 있지만, 돌이킬 수 없는 후회뿐이라며 자신의 인생을 들려 준 그가 긴 한숨을 내쉬었다.

까미노에서 어떤 이는 자신의 과거를 회상하며 성찰을 하고, 또 어떤 이는 용서할 관용을 배우고, 그 누군가는 다른 숙제를 안고 자신이 왔던 자리로 돌아간다. 8백 킬로미터의 길을 걸어온 인내와 용기는 이전의 자신으로 돌아갈 수 없는 변화된 존재임에 틀림없다. 산띠아고로 들어오는 길목에서 만났던 병근, 용원을 비롯해서 잇젤 말론, 경미 그리고 까미노에서 만남과 헤어졌던 많은 사람들과의 기억은 고스란히 인생의 책갈피가 되어 줄 것이다.

날씨의 영향인지 피니스떼레까지 걸어갈 수 있을 것 같던 어제의 의욕과 체력은 온데간데 없다. 가족에 대한 그리움이 밀물처럼 밀려

들고 늦도록 잠에 취하고 싶은 마음만 절절했다. 내 마음을 읽은 잇젤이 산띠아고 시내의 오뗄을 체크하여 일일이 전화를 건다. 순례자들과 관광객이 몰리는 주말의 산띠아고에 빈 방이 있을 리 없다. 말론도 나서서 빈방을 찾기 위해 애를 썼다. 나는 언뜻 산띠아고에 있다는 민박에 대한 기억을 더듬어, 한국 포털사이트에서 민박을 찾아냈다. 마침 묵어갈 빈방이 있다는 것이다. 잇젤과 말론은 내가 한국인 집에 머물 수 있게 되었다는 소식을 듣고서야 마음을 놓았다.

잇젤, 말론과 까미노의 인연을 만나 헤어져야 하는 작별의 시간이다. 이제 돌아가면 언제 만날 수 있을지 모른다. 잇젤이 기어코 눈물을 터뜨리고 말았다. 부둥켜안고 서로의 안녕을 빌어 주었다. 비고Vigo를 경유해서 쎄Cee 아일랜드를 여행하게 될 두 사람은 산띠아고 버스터미널을 향해 떠났다. 그들의 모습이 시야에서 멀어질 때까지 나는 자리를 뜨지 못하고 있다.

"잘 가. 잇젤, 말론!"

빗방울이 잦아들고 있다. 낯익은 순례자들이 하나둘, 광장으로 들어오기 시작한다. 산띠아고에서 작별 인사를 하고 싶었던 사람들에 대한 아쉬움이 남지만, 그들을 기다리지 않고 미련 없이 떠나기로 했다.

민박에서 픽업하러 오기까지 시간의 여유가 있었다. 갈리시아 플라자로 가는 골목에는 여행자의 눈길을 잡아끄는 흥미로운 것들로 가득했다. 결국 예쁜 색감의 향신료 상점을 지나지 못하고 종류별로 향신료를 사고 말았다. 여행지에 가면 특징 있는 앞치마를 사고 싶었던 주부의 쇼핑 본능으로 선물용 앞치마와 몇가지 물품을 구입하자 배낭이 묵직하게 느껴진다. 아직까지 여행이 끝난 것이 아니기 때문에 배낭 무게는 절제를 요구하고 있다. 배낭무게가 걱정되는 여행자다.

순례자를 위한 보스케민박

보스케민박은 산띠아고 시내에서 조금 벗어난 곳에 위치한 스페인 고급주택이다. 한국에서 출발하기 전 사전 예약을 해야만 올 수 있는 숙소였다. 예정에 없이 며칠 쉴 곳을 찾다 발견한 보스케민박에서 정갈하게 꾸며진 방을 내어 주었다. 이글거리는 태양의 까미노에서 한 달 내내 걷고, 절대휴식이 필요할 즈음에 보스케민박에서 몸을 추스르고 힘을 얻었다.

'보스케'는 스페인어로 숲을 의미한다. 보스케민박은 상업적이지 않은 아주 특별한 곳이다. 산띠아고로 들어오는 지친 순례자들에게 자신의 집에 당도한 듯한 안락함을 느끼도록 정성껏 돌봐 주는 보스케 주인 부부의 사려 깊은 마음이 고스란히 느껴진다. 어쩌다 보스케민박까지 오게 된 것이 아니라, 눈에 보이지 않는 이끄는 손이 있었다는 생각이 들었다. 안주인 사라의 극진한 대접 덕분에 몸과 마음이 회복되었으니 내일이면 가뿐하게 피니스떼레에 갈수 있을 것이다. 밤하늘의 영롱한 별빛에 눈이 부시다. 별빛은 수영장 수면 위로 보석처럼 흩어졌다. 까미노의 긴 순례에 지친 순례자에게 아름다운 별이 되어 준 보스케민박의 섬기는 마음이, 별빛보다 더 빛났던 치유의 숲 보스케민박에서 산띠아고의 아쉬운 밤이 깊어가고 순례자는 이내 잠이 든다.

피니스떼레의
노란 리본과 삼계탕

다음날 아침, 마드리드로 가는 사람들이 산띠아고역으로 떠났다. 또다시 혼자가 된 나에게 산띠아고 버스터미널까지 가지 않도록 배려해준 보스케민박 덕분에 피니스떼레행 버스가 정차하는 마지막 정류장에서 버스를 탔다.

"데이비드, 사라, 진심으로 고마워요. 또 만나요."

피니스떼레에 버스가 도착했다. 대서양에서 불어오는 바다의 냄새가 물씬한 피니스떼레. 옛날 먼 바다를 항해하던 선원들이 이곳 언덕에 있는 땅끝, 피니스떼레 등대Faro de Finisterra의 불빛을 보고 대륙에 다다랐다고 생각한 것은 오랜 선상 생활에 지쳐 머잖아 도버해협에 이를 것이라고 짐작했기 때문이 아니었을까? 이후로 이곳은 유럽의 서쪽 끝이라 하여 '피니스떼레'라고 부르게 되었는데 실제로 유럽의 서쪽 곶은 포르투갈에 있다.

버스에서 내리는 사람들에게 애교 섞인 호객을 하는 사설 알베르게 직원의 안내를 받아 서양아줌마, 아저씨와 등대로 가는 언덕에 있는 알베르게에 짐을 풀었다. 어차피 일몰에 등대로 올라가야 하기 때문에 개의치 않는다. 피니스떼레에서는 알베르게를 찾느라 긴장하지 않

피니스떼레 철탑에 걸린 태극기와 노란리본

아도 되겠다. 까미노 순례를 이어갈 때는 건조한 바람 덕분에 누추하지만 지내는데 큰 불편이 없었다. 하지만 내륙에서 살았던 나에게 바다가 있는 피니스떼레의 풍경이나 바람의 느낌은 상당히 이질적이다. 더구나 젖은 바닷바람이 스멀스멀 몸을 휘감는 느낌이 싫다. 피니스떼레에서 오늘 하룻밤이면 아쉬움 없이 떠날 수 있을 것 같다.

묵어가는 사람이 적은 알베르게에 널찍한 주방이 있어 저녁 식사는 손수 만들기로 했다. 올라오는 길에 있는 마트에 장을 보기 위해 내려갔다. 저 만치 청년들이 올라오고 있다. 청년들과 거리가 좁혀질수록 낯익은 모습에 깜짝 놀랐다. 병근과 용원이 아닌가?

피니스떼레 등대로 가는 길의 순례자상

피니스떼레에서 딱 마주칠 줄이야! 놀라운 것은 어제 그들이 묵었던 알베르게와 침대를 오늘은 내가 배정을 받고 짐을 풀었으니, 인연이라는 것이 이처럼 기묘하다.

한국 절기로 오늘은 복날이다. 삼계탕을 끓이자는데 의견이 모아졌다. 칠면조 크기의 닭 한 마리가 몇 천원에 불과하고 탐스러운 농산물 가격이 저렴하여, 대책없이 이것저것 바구니에 담았다. 내일이면 떠날 것인데 주부 본능을 주체할 수가 없다.

까미노의 일과가 걷고 잠자는 단순함에 익숙해지는 시간이었다면, 까미노에서 한달 만에 자유로운 일상으로 돌아오니 현실 적응이 더디다. 주방에서 삼계탕을 만들고 있는 용원의 모습이 비장하기까지 하다. 우리들의 저녁식사를 위해 기꺼이 팔을 걷어붙인 용원 청년의 삼계탕을 한껏 기대하고 있을 때 경미 소식을 들었다. 그녀가 피니스떼레에 도착하여 청년들과 메시지를 주고 받은 것이다.

알베르게에서 한걸음에 피니스떼레 순례자협회까지 내달려 그녀를 만났다. 산띠아고에서 1백 킬로미터의 길을 홀로 걸어온 그녀다. 순례자여권 끄레덴시알에 피니스떼레 세요가 찍히는 걸 지켜보는 내가 더 감개무량하다. 프랑스 바욘과 생장피에드포르를 시작으로 산띠아고와 피니스떼레까지, 중요한 길목에서 마주치는 기가 막힌 인연이 어디 흔한 일인가? 그녀는 아주 특별하고 소중한 인연이다.

저녁식사를 마치고 까미노의 길이 끝났다는 것을 알리는 이정표를 보면서 등대에 올랐다. 올려다보기만 해도 아찔한 높은 철탑에는 순레자들의 염원이 담긴 온갖 것들이 매달려, 대서양의 바람에 흔들리고 있다. 얼마나 간절한 소망이었으면 저 높은 곳까지 올라가 매달아야 했을까? 철탑의 하단부조차 나의 손이 닿기에는 턱없이 높았다. 노란리본을 내 손으로 매달 방법이 없다. 마침 병근이 강한 바람을 아랑곳하지 않고 철탑과 씨름한 끝에 노란리본을 매달아 주었다.

집을 떠나올 때, 격려와 위로의 마음을 담아 지인들이 손에 꼭 쥐어주었던 세월호의 노란리본이다. 줄곧 배낭에 매달고 다니던 노란리본을 한 때 잃어버렸었다. 낙담된 마음으로 산또 도밍고 데 라 깔사디아 알베르게에 짐을 풀고 빨래를 널기 위해 나간 뒷뜰 빨랫줄에 뜻밖에 걸려있던 노란리본. 길에 떨어진 리본 하나를 가볍게 생각하지 않고 주워 놓았던 그 때 누군가의 배려가 더욱 감사해지는 순간이다.

피니스떼레의 아침

발톱이 빠지는 힘든 여정 속에서도 끝내 두 발로 걸어서 피니스떼레 철탑에 노란리본을 매달았다. 자유를 얻은 듯 작은 몸짓을 하는 노란리본을 보노라니 이내 뿌듯하다. 세월호 참사를 겪으며 참담했던 마음의 무거운 짐 하나를 벗은 듯, 한결 홀가분하다.

군데군데 모닥불을 피워 물건을 태우는 순례자들은 마음의 짐을 태우는 것이리라. 나도 한 달 넘게 배낭에 매달고 다녔던 조개껍데기를 대서양에 던져 주었다.

대서양의 일몰을 보기 위해 많은 순례자들이 여기 저기 바위에 흩어져 자리를 잡았다. 수평선으로 기우는 해는 날씨가 맑아 일몰이 멋지게 펼쳐지자, 세월호의 희생자 가족들과 모두의 상처 치유와 소박한 소망을 위하여 기도했다. 검푸른 바다 너머로 미끄러져 가는 붉은 태양을 물끄러미 바라본다. 이제야 32일간 이어졌던 까미노 여정을 마무리하는 시간이다.

밤 10시가 지났다. 태양이 수평선 너머로 사라지고, 일순간 모든 게 어둠 속으로 빨려 들어갔다. 대서양의 바람이 세차게 불어댔다. 한여름인데 냉동고에 들어간 것 같은 추위가 별스럽다. 아! 정말 추운 것은 질색이다. 오리털 재킷과 판초우의까지 단단히 겹쳐 입었음에도 파고드는 추위가 싫었다. 3킬로미터나 되는 피니스떼레 등대 기슭을 미친 듯이 내달렸다.

다음날 아침, 8시 20분에 피니스떼레를 출발하는 산띠아고행 버스를 타기 위해 서두른 덕분에 청년들과 산띠아고 버스터미널에 도착했다. 하지만 15분 뒤에 출발하는 비고행 버스가 있다는 말에 또다시 청년들과 아쉬운 작별을 해야만 했다.

산띠아고 버스터미널에서 승차권이 비싼 36유로의 알사버스ALSA를 이용하는 방법과, 비고를 경유해서 가는 좀 더 저렴한 12유로의 몬버스Monbus를 탈 수 있다. 버스승차권을 살 때 반드시 자신의 여권을 제시해야 한다. 스페인의 비고에서 탄 버스가 국경을 지나 포르투갈의 포르투Porto로 가기 때문이다. 이후 일정을 예측할 수 없어 더욱 스릴 넘치는 여행은 기대반 설렘반, 팽팽한 긴장감 속에 시작되었다.

포르투갈

유럽대륙의 맨끝에 있는 포르투갈.
대항해시대 탐험을 통해 포르투갈은 서양의 영향력을 확대하고
남아메리카·아시아·아프리카·오세아니아를 아우르는
제국을 건설함으로써 전세계에서 경제·정치·군사적으로
가장 중요한 강대국으로 거듭났다.
포르투갈은 사상 첫 세계제국이었다.
1415년 세우타 정복에서 1999년 마카오가 중국에 반환되기까지
거의 600년 동안 지속된 식민지 제국이었다.

포르투갈의
종교도시 브라가

    배낭여행의 본래 계획은 아픈 허리와 부실한 체력을 감안해서 생장 피에드포르에서 산티아고에 당도할 때까지 40일이 걸릴 것을 예상했다. 스페인 철도 렌페 역시도 산티아고에서 마드리드로 가는 기차표를 예약해 둔 상태다. 그런데 생각지도 못한 공짜 같은 8일간의 여유가 생기고 말았다. 어느 도시로 가야 할지 모르는 행복한 고민 끝에 포르투갈을 선택했다. 바르셀로나와 마드리드를 보는 것이 스페인을 조금이나마 알 수 있다는 사람도 있었지만, 스페인의 거대한 두 도시는 여행의 여백으로 남겨 둔다. 사리아 알베르게에서 만났던 에바, 그녀의 말대로 어메이징하다는 리스본을 찾아가야겠다.

    한참을 달린 몬버스가 비고 시내에 진입해서 하차를 했다. 시내버스가 아닌데 도중에 두 번씩 하차했으니 이제쯤 버스터미널이겠거니 하고 내렸다. 화물칸의 배낭을 꺼내어 주는 기사에게 중앙터미널이냐고 물었다. 영어를 잘 알아듣지는 못해도 이해한 듯 고개를 가로저으며 버스에 오르라는 손짓을 한다. 뒤따라 내리던 여학생도 도로 자리를 찾아 앉았다. 환승시간이 오래 걸린다던 비고에서조차 포르투로 가는 버스가 곧장 탑승장으로 들어오는 바람에 잠깐의 휴식도 하지 못하고 버스에 올랐다. 포르투를 거쳐 리스본으로 가는 알사 버스다. 포르투갈의 초행길이 초반부터 만만치 않다.

동양인 아저씨가 눈에 띄었다. 옆자리도 비어있으니 앉을까, 말까 잠깐 고민을 했다. 재빨리 창가 쪽으로 자리를 바꿔 앉아 준 포르투갈의 아저씨 곁에 자리를 잡았다. '해외 여행지에서 만난 청년들은 서양인에게 과잉 친절하면서 한국인을 보면 안면몰수를 한다'라는 푸념의 글이 생각난 탓에, 괜히 민감해져 동양인의 동태를 살피게 된 것이다. 잠시 후 말문을 연 건너편 남자는 한국의 은퇴자였다. 은퇴 후 유럽의 여러나라를 여행 중이라는 그의 이야기를 듣는 동안 버스가 작은 터미널에 정차했다.

브라가의 입구 '아르코 다 포르타 노바 아치'

"여기가 포르투에요. 내려야 해요."

그가 말했다. 아저씨의 이야기를 듣느라 무방비 상태로 앉아 있다가 포르투라는 말에 황급히 내렸다. 평소 같았으면 버스기사에게 확인을 했을 일이다. 이내 버스는 작은 읍내 터미널만큼이나 허름한 승차장을 덜컹거리며 빠져나갔다. 나이 들어 인지능력은 떨어지고 육감만 발달하는지 느낌이 좋지 않다.

길에 물어볼 사람이 없다. 방향을 잡지 못해 눈에 띄는대로 길을 따라 오르락내리락했다. 우왕좌왕하다 한참 만에 다다른 곳이 번화한 광장이다. 광장의 레스토랑에서 와이파이를 사용할 수 있다는 말에 스마트폰 충전을 부탁해 놓고 앉았다. 여행가이드북이 없어 스마트폰의 방전은 상상하기조차 싫다. 불안한 예감은 내내 가시지 않는다.

몇 시간 차이일 뿐인데 산티아고와 달리 습도가 높은 날씨다. 불안한 마음에 주문해 놓은 음식을 먹을 수가 없다. 이곳이 포르투인지 묻자, 웨이터가 말했다.

"여기는 브라가Braga 시티입니다. 포르투는 버스로 한 시간을 더 가야 합니다."

그의 대답을 듣는 순간, 눈앞이 캄캄해졌다. 허걱!~ 이걸 어째. '돌다리도 두들겨 가라'는 말을 새기며 여행 중 매사에 신중을 기했었는데 예상치 못한 황당한 일이 벌어진 것이다. 일부러 잘못된 정보를 줬을 리 만무하지만 서둘러 내려야 한다고 부추긴 옆자리 아저씨가 야속하다 못해 밉다.

아, 울고 싶어라. 용감하기만 하면 순탄하게 여행을 할 수 있을 것이라고 안도했다가 낭패를 당하고 말았다. 아무 생각도 나지 않고 의욕을 잃었다. 한 시간 거리에 있다는 포르투까지 갈 자신이 없다. 일단 브라가에 짐을 풀기로 하고 숙소 예약을 서둘렀다. 한국인들이 까미노를 마치고 포르투갈 제2의 도시 포르투를 다녀오는 게 패키지 코스처럼 되어 있다는 것을 산티아고에서 들은 적은 있지만, 브라가라는 도시 이름을 어느 누구에게서도 들은 적이 없어 적잖이 놀랐다. 어쩌다 브라가에 발을 딛게 되었을까? 인생에 우연은 없다고 믿는 내가 낯선 도시에서 닷새나 머물겠다고 정한 것도 결코 우연은 아니리라.

브라가를 돌아보며 포르투갈에서 사용할 수 있는 보다폰 유심카드를 샀다. 영국으로 건너가기 전까지 데이터 걱정이 없는 해방감에 룰

1858년에 문을 연 유서 깊은 비아나 카페. 리퍼블릭 광장 분수대에 비친 모습

루랄라~ 한결 마음이 가뿐하다. 스마트폰이 있기 전 여행자들은 종이 지도에 의지해 여행을 했을 터이다. 하지만 일상 속에서 대세가 되어 버린 스마트폰에 전적으로 의지하여 여행하고 있는 나에게 데이터를 쓸 수 있는 심카드가 없다는 것은 생각만 해도 끔찍한 일이 아닐 수 없다.

진짜 포르투의 렐루서점을 가다

아침 일찍 포르투로 가기 위해 브라가 버스터미널로 향했다. 어제 벌어진 해프닝 덕분에 브라가가 한층 친숙하게 느껴진다. 호텔에 짐도 풀었으니 뭘 못 하겠나 싶은 안도감에 빠른 적응을 하고 있다.

포르투의 렐루서점

포르투에 도착한 즉시로 렐루서점Lello&Irmiao을 찾아갔다. 까미노에서 멍텅구리 같던 구글맵이 도시에서는 이름값을 톡톡히 했다. 조안롤링이 영감을 얻어 해리포터를 썼다는 서점 앞에 벌써부터 사람들의 긴 줄이 이어졌다. 직원의 안내에 따라 입장하기 위해 기다린다. 한때는 무시무시한 줄서기와 서점 내부 촬영을 금지했으나 현재는 촬영이 가능하도록 개방되었다. 해리포터에 열광했던 독자라면 당연히 찾아보고 싶은 곳일 것이다. 서점 입구에 1881년 시작된 렐루서점의 역사를 알아보기 쉽게 설명해 두었다. 우리 조상들이 상투 틀고 나라의 빗장을 걸고 살던 시절, 이들에게는 무한한 상상력을 자극하는 렐루서점이 있었다는 게 놀랍다.

트램과 버스를 이용하기보다 걷는 게 더 익숙해져 있다. 도우로강으로 가기 전에 잠시 들른 타르트집. 포르투갈에서 마카오로 전해졌다는 에그 타르트는 파이지가 얇고 부드러운 크림은 달지도 않아 풍미가 최고다. 에그 타르트에 에스프레소 한 잔을 하기 위해 여기에서조차 줄을 서야 먹을 수 있다니 맛집 현상은 국적 장소불문이다.

해리포터의 조안 롤링이 영감을 받았다는 렐루서점

렐루서점에서 상벤투Saõ Bento역까지 걸었다. 외관의 고풍스러움이 전혀 기차역처럼 보이지 않는 역사로 16세기 베네딕토회가 수도원으로 사용하다 화재로 소실되고 말았다. 그 이후에 복구한 상태다. 1915년 2만여개의 아줄레주타일로 포르투갈의 역사적인 사실들을 정교하게 표현했다. 문화적인 가치로 충분히 인정 받는 상벤투역, 무심히 포르투에 왔다가도 상벤투역의 벽화 장식에 반하는 곳이기도 하다

끼룩~끼룩~ 채근하듯, 갈매기소리가 가까워지는 골목길을 따라 걸어 내려간다. 까미노를 다 걷고 난 뒤 여행은 시시해진다,는 경험자들의 말처럼 나 역시 산과 들을 걷다 온 감동의 여운 때문에 도시의 무엇을 보아도 별반 흥미를 갖지 못하는 게 흠이다. 하루 25킬로미터 이상을 걷던 맷집을 믿고 포르투 시내를 무작정 걷는다.

포르투 대성당 광장의 페로 우리뇨(심판의 기둥)

Douro강의 동 루이 1세의 다리

갈매기 울음소리가 점점 크게 들려온다. 구불구불한 비좁은 골목길을 따라서 내려가다 건물 사이에 걸쳐 놓은 것 같은 철제다리를 발견했다. 포르투의 명물 동 루이 1세 다리다.

주황색 지붕이 무척 아름다운 도시의 풍광에 감탄하며 멋모르고 내려가다 떡하니 마주친 거대한 다리. 진청록의 물빛과 도우로Douro강의 동 루이 1세 다리로 불리는 철제다리와 강변의 달동네와 수많은 관광객들이 얽혀 묘한 분위기를 자아낸다. 와이너리로 유명한 포르투. 구스타브 에펠의 제자가 만들었다는 다리다. 건설할 당시에는 최고 긴 다리로 유명한 동 루이 1세 다리인데 자연 풍광과 부조화한 자태로 인해 이질적인 느낌이 두드러진다.

2만장의 아줄레주 타일로 포르투갈의 역사적인 사건을 장식한 벽화가 있는 상벤투역

그에 비해 진청록 물빛과 주변의 보트와 강변에 즐비한 레스토랑이 어우러져 만들어내는 이국적인 풍경. 그 낭만적인 정취를 설명할 길이 없을 정도로 멜랑꼴리하다.

흔들거릴 때마다 삐거덕! 소리를 내며 보트들이 찰랑찰랑, 일렁이는 물결에 몸을 맡기고 있다. 와인 오크통들과 알록달록 깃발들. 이 모든 것이 이색적인 여행을 꿈꾸는 사람들에게 포르투 로망을 불러일으키는 게 아닌가 싶다.

다리 한가운데서 호기 넘치는 포르투갈의 십대소년들이 릴레이 다이빙을 하고 있다. 다리 높이가 상당한데 도우로강에 거침없이 뛰어드는 소년들의 만용에 가까운 용기가 왜 이렇게 부러울까?

이국적인 풍경이 한 폭의 그림이 되는 도우로강

아찔하게 높은 다리 난간에 매달려 풍덩풍덩! 다이빙하는 소년들을 보면서 온종일 학교와 학원 책상 앞에 앉아 있는 우리나라 청소년들이 대비되어 가슴 한쪽이 시리고 아프다.

포르투 버스터미널로 가는 길에 갈매기가 날아오르며 싼 똥이 하필 내 몸으로 쏟아지는 봉변을 당했다. 남방과 바짓단을 적신 새똥의 비릿한 냄새가 비위에 거슬려, 씻지 않고는 오도 가도 못하게 생겼다. 갈리시아지방에서도 오나가나 똥이더니, 도심에서조차 갈매기똥 세례를 받고 울어야 할지, 웃어야 할지 애써 긍정적인 생각을 해보지만 역시나 똥은 싫다. 카페 화장실을 찾아들어가 남방을 통째로 헹궈 입었다. 여지없이 물에 빠진 생쥐 꼴이다.

소동 끝에 터미널에 도착했다. 터미널이 텅텅 비었다. 포르투에서 발이 묶이나 싶어 내심 초조한 마음에 터미널 밖으로 나가 다짜고짜 지나가는 남자에게 버스가 끊겼는지를 물었다.

"직원이 없어도 배차된 버스가 제 시간까지 운행한다"며 기다려도 된다는 말에 조금 안심이 되었다. 익숙한 장소처럼 때로는 내 동네처럼 착각하고 돌아다니다가 황당한 일을 겪고 나서야, 나 자신이 언어도 서툰 이방인임을 실감한다.

그러나저러나 신기한 것은 다짜고짜 붙잡고 물어본 사람이 영어를 구사하는 사람이었다는 것이다. 까미노에서야 다국적의 사람들이 대체로 영어 소통이 가능해서 별 문제가 없지만 까미노를 벗어나면 기본적인 그 나라의 언어를 말할 줄 알아야 한다. 별별 생각을 하는 동안 텅 빈 터미널에 몇 사람이 더 모여들었고, 조바심으로 기다린 버스가

제 때 버스승차장으로 미끄러지듯 들어왔다.

포르투의 감상을 이어서 오늘도 일찌감치 봄 제수스Bom Jesus do Monte에 올라가 볼 생각이다. 걸어서 갈 수 있다는데 올라가는 길을 알지 못해 호텔 앞을 지나가는 버스를 탔다. 입구에서는 아예 푸니쿨라를 타고 올라갔다. 울창한 숲에 둘러싸인 성처럼 보이는 호텔을 돌아 올라가자 산속에 나룻배를 탈 수 있는 넓은 호수가 나타났다.

자신의 죄를 회개하는 것과 신에 대한 신의를 지키는 표현으로 계단을 무릎으로 기어올랐다는 순례자들과 수도사들에 대한 이야기가 있다. 현대에도 무릎으로 기어 올라가는 사람들이 있다, 하여 판매대에서 무릎보호대를 팔고 있다. 아래에서 위를 향해 올려다보면 계단

산 정상에 있는
봄 제수스 도 몬
떼의 정면 모습

의 독특함 때문에 교회 건물임에도 불구하고 이교도의 사원을 연상시
킨다.

봄 제수스는 높은 산 위에 세워졌다. 조금 힘들더라도 쉽게 오를 수
있는 푸니쿨라를 타고 올라가는 것보다 한 계단씩 걸어서 올라가며
감상하는 것도 좋겠다. 각 층마다 포르투갈의 특징인 아줄레주 타일
의 독특한 문양이 계단 층계참마다 각각 다른 문양으로 새겨져 있다.

다윗, 모세를 비롯한 성경의 인물이 세워진 그 아래로 각층의 계단
을 좌우로 내었다. 계단을 내려올 때마다 층계참 중앙에서 만나는 형
상물은, 각각의 눈·귀·코·가슴에서 물이 흐르게 되어 있는 것이 특징
이다. 각층의 상단마다 성경구절을 인용한 글귀가 있지만 정확한 내
용은 알 수가 없다.

봄 제수스 교회에 들어서자 실물크기의 십자가에 매달린 예수님이
전면에 있어 올라가 만져볼 수 있게 되어 있다. 눈물을 흘리며 내려오
는 서양 아줌마, 설마 나까지 울지 않겠지 하고 못 박힌 발을 만지는
순간, 왈칵 봇물 터지듯 눈물이 쏟아졌다. 예수님은 나에게 그런 분이
다. 생각만 해도 울음이 터지는…….

오락가락 비가 흩뿌렸다가 해가 나는가 하면 다시 숨바꼭질을 하고
있어서, 봄 제수스에서 바라보는 브라가 시내가 한눈에 보였다가 사
라졌다가 한다. 많은 교회로 둘러싸인 종교도시 브라가의 봄 제수스
도 몬떼는 〈좋은 예수〉라고 풀이할 수 있다.

다시금 자유 여행자답게 배낭을 멨다. 브라가역에서 리스본행 기차

표를 샀다. 그리고 리스본발 마드리드행 기차표를 예약할 수 있는지 창구 직원에게 물었다. 그는 기다리는 사람들을 다른 창구의 직원에게 맡기고 직접 나의 기차표를 렌페에서 예약하느라 한동안 애를 썼다.

리스본행 기차가 브라가역에 당도할 때까지 말이다. 결국 무슨 이유인지 모르겠지만 홈페이지에서 예약 직전에 에러가 나기를 수차례 직원은 표를 구해 주지 못해 미안하다고 사과를 했다. 그 바람에 미안한 나는 당황하여 말을 잇지 못했다.

해상왕
엔리케의 리스본

4시간을 달린 기차는 리스본의 산타 아폴로니아Santa Apolónia역에 도착했다. 예정에 없던 일정이었던 만큼 마드리드행 교통편을 먼저 해결해야 한다. 사전에 기차표를 예매하지 못해 하루에 단 한 번 있는 주말의 기차표를 현장에서 구하려니, 표를 구하지 못하는 게 어찌 보면 당연한 일이다. 이대로 산티아고로 돌아가야 하는 것일까?

스페인 산티아고에서 출발하는 마드리드행 기차표는 한국을 떠나기 전부터 예매해 두었다.

리스본의 산타 아폴로니아 기차역

일찌감치 마드리드로 간다면, 까를로스와 약속도 지키고 런던으로 가는 비행기도 느긋하게 탈 수 있다. 산티아고로 돌아간다고 한들 뭔 대수겠는가마는 리스본에 발을 딛자마자 곧장 돌아가야 한다는 게 허탈하다. 직원이 렌페 화면을 확인하고 기차표가 없다고 했지만, 기왕 리스본에 왔으니 머물러야겠다는 다짐으로 '기차표가 없다'고 말한 직원이 아닌 다른 창구의 직원에게 찾아갔다.

살아온 경험에 의하면 세상에는 안 되는 일이 거의 없다. 노력이 부족했거나, 성공 직전에 포기했거나 또는 자신의 능력보다 더한 것을 탐했을 것이다. '실패는 포기하는 것이다'라는 말이 있지 않은가!

"마드리드로 가는 기차표가 꼭 있어야 해요. 한 장이면 돼요." 간절하게 부탁하는 내 표정이 아마 슈렉에 나오는 고양이 같지 않았을까 싶다.

"나는 영어를 못해요."

건들건들 산만하게 업무를 보던 직원이 손사래를 치면서도 렌페 홈페이지를 검색 중이다. 그가 빠끔히 고개를 내밀었다.

"마드리드행 침대칸이 82유로인데 괜찮겠어요?"

기차요금이야 비싸든 말든 마드리드행 기차표를 구하는 게 우선이라 두말없이 결제를 마치고 안도의 한숨을 내쉬었다.

"오브리가도"

직원에게 고맙다는 인사를 건네고 그제야 경직된 얼굴에 미소가 머금어졌다. 서둘러 숙소 예약까지 마무리하자 긴장되었던 손에 미세한

떨림이 있다. 놀란 가슴을 쓸어내리면서 아폴로니아역 밖으로 나왔다. 대서양으로 흘러드는 테주Tajo강의 탁트인 전경은 여행자의 가슴을 시원하게 뚫어 주었다. 상류의 강폭이 14킬로미터에 이르는 테주강은, 이베리아반도에서 제일 길고 넓은 강이다.

호시우 광장 근처에 있는 호텔까지 걸었다. 포르투갈의 독특한 예술을 느끼게 해주는 것 중 하나가, 진흙을 구워 만든 타일 장식인데 아줄레주로 장식된 이국적인 낡은 건물들이 신비하게 느껴진다. 사진에서만 보던 노란트램이 내 곁을 지나가고 좁은 골목 카페에서 뜨거운 태양도 아랑곳하지 않고 마냥 유쾌한 사람들을 마주한다.

호시우 광장의 마리아 2세 국립극장

이국적인 리스본의 면면이 시선을 잡아끈다. 마구잡이로 깔아놓은 듯하나, 정교하게 깔린 보도 위를 차가 달릴 때마다 독특한 소리가 났다. 관광도시이자 포르투갈의 수도, 리스본의 북적임과 오밀조밀함은 스페인과 확연히 다른 도시 분위기이다. 눈에 보이는 모든 것이 신기하여 구불구불한 골목과 오르락내리락하는 길을 걷고 있다.

내가 머물 호텔은 호시우 광장 근처에 있어 출입하기에 알맞은 곳에 위치해 있었다. 직원에게 리스본에서 짧게 여행할 수 있는 안내를 부탁했다. 직원은 나의 일정을 고려한 시티투어를 안내해 줬다. 만 24시간 동안 자유롭게 5개의 라인을 사용할 수 있는 시티투어 티켓을 호텔에서 구했다. 드디어 리스본에 짐을 풀었다.

마리아2세 국립극장 맞은 편 호시우 광장 분수대

방을 둘러보다 내게 익숙한 커피머신과 캡슐 우드박스가 가지런히 테이블에 놓여 있는 것을 보았다. 기분이 묘했다. 편안한 익숙함이라고나 할까, 여하튼 예사롭지 않은 느낌이다.

리스본이 배경인 엽서 몇 장을 샀다. 우체국을 찾아 헤맨 끝에 엽서를 부치고 본격적으로 시내구경을 나섰다. 포르투갈에서 빼놓을 수 없는 디저트, 타르트와 커피 한 잔의 여유를 누리자 이제쯤 까미노를 걷던 순례의 감흥이 옅어지고 자유로운 여행자로 변신했다. 산티아고 순례 여정을 마치고 혹 남는 시간이 있다면 리스본을 여행해 보라고 권했던 사리아의 룸메이트 에바의 말이 결코 빈말이 아니었다.

아우구스타 거리에서 테주강으로 나가는 개선문

다섯 개의 노선 중에 하나를 택해 시티투어를 위해 리스본의 중심 호시우Rossio 광장으로 나왔다. 온통 관광객들로 넘쳐나는 광장이다. 시티 투어의 빨간버스에 올라 덮개가 없는 이층에 자리를 잡고 앉았다. 머리 위에 내리쬐는 햇볕은 까미노에서 이글대던 태양보다 더욱 기승을 부렸다. 시내의 풍경을 한눈에 내려다 볼 수 있으니 따가운 햇볕을 감내하기로 한다.

벨렘지구의 발견기념비Padrao dos Descobrimentos는 포르투갈의 대항해 시대를 열었던 엔리케 왕자의 탄생 500주년을 기념하여 세워졌다.

발견기념비는 바스코 다 가마가 출항했던 지점에 세움으로써 식민지 제국 포르투갈의 위용을 뽐내고자 했던 것은 아닌지……

테주강을 향한 배에 올라 항해를 지휘하는 엔리케 왕자가 배의 선두에 서 있고, 그 뒤로 바스코 다 가마 등 대항해시대를 열어갔던 사람들이 조각되어 있다. 광장의 바닥에는 포르투갈이 개척했던 세계지도와 개척한 지역을 발견했던 연대가 새겨져 있다. 대항해시대를 호령하던 포르투갈의 영광을 다시 재현하고 싶은 꿈인지도 모르겠다.

벨렘탑Torre de Belem은 바스코 다 가마의 항해를 기념하여 1515년에 건설된 탑이다. 본디 인도 브라질 등으로 떠나는 배의 통관 절차를 밟던 곳이다. 스페인에 속해 있던 때부터 정치범 수용소로 사용했다.

높은 파도와 조수 간만의 차가 큰 탓에 탈옥이 불가능하여 갇혀 있던 사람들에게는 두려움의 대상이 된 벨렘탑이다. 화려하지도 않고 유럽의 변방처럼 느껴지는 포르투갈을 현재의 시점으로 보지 않고 대항해시대를 열어갔던 시대를 조망해 본다면 훨씬 흥미로운 나라임에 틀림없다.

7월의 오후, 햇볕이 바지를 뚫고 무릎을 태울 것 같은 한여름의 리스본을 마음껏 즐긴다. 리스본의 호시우 광장에서 아우구스타 거리를 지나 개선문이 있는 코메르시우 광장까지 아줄레주타일이 아름답게 깔려 있다. 포르투갈다운 느낌이 물씬하다.

테주강을 바라보고 서 있는 동 조세Don Jose 1세의 동상이 있는 코메르시우 광장은 평지가 많지 않은 리스본 최대의 광장으로 석양이 가

코메르시우 광장

까워지자 많은 사람들과 사람을 겁내지 않는 갈매기들이 테주 강변에 모여들었다. 아시아에서 온 이방인의 눈에는 대항해시대를 열었던 옛 영광은 쇠락한 국가의 자존심쯤으로만 생각했다. 하지만 대항해시대를 열어 해상왕으로 불린 엔리케왕자·바르톨로뮤 디아스·바스코 다 가마·마젤란 등등 쟁쟁한 탐험가들의 나라이다. 아메리카대륙을 발견한 이탈리아 출신의 콜럼버스를 빼면 모두가 포르투갈 출신이었다는 사실이 놀랍다.

동방에서 온 나의 눈에 놀라움의 연속인 포르투갈의 면모는 역사공부를 새롭게 해야 할 듯하다. 대서양의 바람을 가르는 요트와 멀리 미국의 금문교를 닮은 현수교에 내리는 석양의 해를 바라보며 새로운 시선으로 포르투갈을 생각한다.

아우구스타 개선문을 지나 코메르시우 광장에 들어서면 동 조세 1세 동상이 테주 강을 바라보고 서 있다. 1755년 마누엘 1세의 리베리아 궁전이 대지진으로 전소되었다. 대지진의 공포로 인해 궁전 대신 광장을 만든 것이 코메르시우 광장인데 리스본에서 드문 평지이다.

어둠이 내려앉은 테주 강변에서 아쉬운 리스본의 밤을 보내고 있다. 스페인의 광장 문화와 비슷해 보이기는 하지만 그들의 열광적인 카니발과는 색깔을 달리하는 분위기다. 주말의 밤은 다채로운 공연과 놀이가 아우구스타 거리에서 펼쳐져 어깨가 들썩들썩해진다. 정열적인 플라멩코와 한국 유학생들이 선보인 태권무로 인하여 박진감과 흥겨움이 고조되었다. 덤으로 주어진 포르투갈 여행에서 내가 이방인이라는 생각조차 잊게 되는 밤이다.

여행은
준비된 선물

리스본 시티투어에 얼굴이 벌겋게 익었다. 광장의 축제 분위기에 덩달아 들떠 호텔로 돌아왔다. 커피 한 잔을 마시려고 테이블 위의 우드박스를 열었을 때, 평소에 내가 즐겨 마셨던 보라색 캡슐커피가 두 개 놓여 있었다. 우연 같아 보이는 일들을 여행 중에 수시로 겪어서 놀랍기보다 경이로운 감동에 휩싸이는 것이다. 많고 많은 캡슐 커피 중에 제일 좋아하는 커피를 이역만리 낯선 곳에서 마시게 되다니.

"얘야 이 모든 여행을 내가 계획했단다."

이 때, 어린아이처럼 들뜬 음성이 들리고 하나님의 표정이 읽혀졌다. 나도 모르게 그만, 웃음이 팡 터지고 말았다. 어떻게 우연이라고 할 수 있겠는가. 그분은 모든 것을 다 알고 계시는 분이다.

"네. 알아요, 저도 알고 있었어요."

준비 없이 덜컥 감행한 까미노와 포르투갈 여행에서 위로와 돕는 손길이 언제나 함께했다. 나를 홀로 두지 않으시고, 걸음걸음마다 하나님이 항상 동행하고 계셨다. 까미노에서 누린 하루의 감동과 기쁨은, 하루를 일년으로 계산한 듯 무엇과도 비교할 수 없는 감동이었다. 까미노에서 베풀어 주신 은혜는 결혼 삼십 년동안 내 삶에 고인 눈물을 환산해 돌려받은 선물이었던 것이다.

까미노를 염두에 둔 배낭여행이 처음부터 나를 위로하기 위한 그분의 선물이었다는 것을 순례의 길에서 알았다. 하나님이 주신 선물은 형언할 수 없는 기쁨과 감동으로 가득찼다. 약한 체력과 육체의 고통은 감동으로 초월되었다. 하나님에 대한 신뢰와 감사로 나날이 기쁨이 충만했던 여정이었다.

"나는 마음이 온유하고 겸손하니 나의 멍에를 메고 내게 배우라. 그리하면 너희 마음이 쉼을 얻으리니, 이는 내 멍에는 쉽고 내 짐은 가벼움이라"

리스본의 산타 아폴로니아역에서 출발한 마드리드행 야간 호텔열차는 4인용 침대가 있는 객실에 세면도구와 간이옷장이 있지만 허리를 제대로 세울 수 없는 불편함이 있다. 리스본 호텔열차가 영화제목처럼 결코 낭만적이지 않다. 오로지 잠을 자기 위한 공간일 따름이다. 동행이 있다면 열차내 객실 카페를 이용해서 긴 밤의 무료함을 달랠 수 있을 것이다. 꼬박 12시간을 달린 리스본발 호텔열차는 이른 아침, 마드리드의 차 마르틴역에 도착했다. 서머타임으로 포르투갈보다 한 시간이 늦었다. 이른 아침부터 후끈 달아오르기 시작한 마드리드는 습도가 매우 높아 38도의 살인적인 날씨에 숨쉬기조차 힘들다.

지하철을 이용해 순례자 민박을 찾아갔다. 비록 시티투어만으로 마드리드 여행에 만족할 수는 없지만 언제든지 마음만 먹으면 여행에 나설 수 있는 나로서는 조급한 마음을 내려놓았다. 드디어 배낭무게를 걱정하지 않아도 되는 선물 쇼핑에 나섰다.

하루에 한 번 리스본에서 마드리드로 가는 야간 침대열차

마드리드의 바라하스국제공항에 일찌감치 도착해 런던행 비행기를 탔다. 홀로 하는 배낭여행의 50일은 쉰넷의 나에게 버거운 일정이라고 여겼는데 시간은 숱한 기억을 안고 쏜살같이 달렸다. 가족이 기다리는 집으로 가기 위해 런던에 당도해, 히드로공항 인근에 예약해 둔 호텔에 짐을 풀었다. 집으로 돌아간다는 설렘으로 잠이 쉬이 오지 않는다. 영락없는 배낭여행자의 행색도 이제 머잖아 추억의 한 조각이 될 것이다.

늦둥이 아들이 대학에 입학하고 무계획의 배낭여행을 나섰다. 여행 중에 친절을 베풀어 준 사람들을 만났다. 일상에서 전혀 기대하지 못했던 고요한 사색도 누렸다. 내가 지나온 삶을 돌아볼 때, 아픔이라고 생각했던 날들조차 선물로 주어진 아름다운 인생이었음을 인정하게 된 겸손한 여정이었다는 것을 부인할 수가 없다.

까미노에서 만난 나무들과 꽃들 그리고 풀꽃에 이르기까지 어느 하나 존귀하지 않은 것이 없었다. 돌멩이 하나하나에도 존재의 이유를 생각하게 해주었던 시간은 일상의 쳇바퀴 속에서 놓치고 살던 귀중한 것을 오롯이 발견한 경험이었으니 이보다 더한 선물이 어디 있으랴.

나의 인생에 감사하고 또 감사한다. 그리도 무심하고 매섭던 모진 날들은 나에게 봄날의 새싹처럼 부드러운 마음을 주었다.

마음에 품고 있는 꿈을 이루면서 남은 인생은 나를 필요로 하는 사람들과 더불어 살고 싶다. 여행을 마무리하는 런던 히드로공항의 시원섭섭한 밤이 깊어가고 있다.

에필로그

사춘기 시절에 누구나 한 번쯤 꿈을 꾸었을 배낭여행이다.

언젠가는 훌훌 털어내고, 발길이 닿는대로

떠나고 싶었던 여행은 아득하게 멀어진

꿈이려니 했다. 홀로 떠났던 여행,

길 위에서 꿈이 꿈을 이끈다는 사실을 배웠다.

"할 수 있거든 이 무슨 말이냐"

그분 안에서 무엇이든 가능하다는

성경의 메시지가 이제야 온전히

나의 선언이 되었다.

누구나 반드시 꿈을 꾸어야 할 이유이다.

여행 중에 만났던 다양한 사람들과의 자유로운 소통,

많은 것이 필요하지 않았다. 38리터 배낭과 한쌍의 지팡이

그리고 등산화 한 켤레면 족했다.

다시금 새로운 꿈을 꾼다.

"예쁘야, 너도 참 애썼다!"

하나님의 위로를 기억하며 2라운드의 인생 까미노를 간다.

이제 집으로 돌아갈 시간이다.

길을 찾다

초판 1쇄 발행 2018년 11월 01일

글과 사진 안미쁜아기
발 행 인 안미쁜아기
편   집 윤영남 ┊ **디 자 인** 안윤아
인쇄제본 (주)현문자현

펴 낸 곳 동행출판
출판등록 2016년 4월 22일 제 2016-000063호
주   소   13633 경기도 성남시 분당구 미금일로57
전   화   070-4312-4300
팩   스   031-696-5510
이메일   donghang.book@gmail.com

ISBN 979-11-957985-9-9 (03800)